果物のような甘い香りが辺りに漂っている。

オメガ特有の匂いを嗅ぎ、ライナスが嬉しそうに微笑む。

「なんていい匂いなんだろう……。俺は幸せです、アラン様」

「……そうか、それはよかったな」

悪態をつくアランの顎先を摑んで向きを変えると、ライナスが唇を重ねてくる。

ふたりは長い間、甘いキスを交わした。

アルファ嫌いのオメガ令息が寡黙な騎士に溺愛されるまで

アルファ嫌いのオメガ令息が寡黙な騎士に溺愛されるまで

椿 ゆず

23970

角川ルビー文庫

目次

口絵・本文イラスト／秋吉しま

プロローグ

ライナス・ケイ・スタンリーへ

お前とはもう十年の付き合いになろうとしている。私は今、この手紙を書きながら、少年だったお前と出会った日のことを、まるで昨日のことのように思い出している。

私が日頃《ひごろ》からお前の騎士《きし》としての才能を買っていることは知っているな？　だからこそ今回の任務を頼《たの》んだ。

言っておくが、あいつのアルファ嫌《ぎら》いは相当に手強《てごわ》いぞ。何人ものアルファの騎士が一ヶ月もたたずに辞《や》めていった。だが、お前なら必ずや私の願いを叶《かな》えてくれると確信している。

私の息子《むすこ》――アランをよろしく頼む。

ドミニク・ジョン・オブライエン

道端《みちばた》で休憩《きゅうけい》していたライナスは、ドミニクから受け取った手紙を内ポケットにしまい、再び馬を走らせた。空はどんよりと曇《くも》り、頬《ほお》を刺《さ》すような冷たい風がライナスの黒髪《くろかみ》を煽《あお》っている。

ドミニクの話から察するに、今回の任務の対象であるアランは、よほど手のかかる息子のようだ。

「アラン・バリー・オブライエン……」

十九歳のライナスより六歳年上の青年。ドミニク侯爵《こうしゃく》の一人息子で、今はオブライエン領のスオ村を代理で統治している。

ドミニクとは長い付き合いになるが、アランの話は聞いたことがなかった。息子がいるのは知っていた。しかし、アランがどこで何をしているのか、ライナスは聞こうともしなかったし、ドミニクも話題にしなかった。情深いドミニクのことだ、息子と一緒《いっしょ》に住んでいないのも何か特別な理由があるのだろう。

アランについての情報はほとんどなかったが、ドミニクの屋敷《やしき》に飾《かざ》ってある肖像画《しょうぞうが》は何度も見たことがある。金色の髪を靡《なび》かせた美しい少年が、自信に満ちあふれた微笑《ほほえ》みを浮《う》かべていた。

あの少年がどう成長を遂《と》げていようが構わない。ライナスの心には、ドミニクへの恩義だけがある。

王都を出てから約一日。目的地であるスオ村には、馬を飛ばしたおかげで早く辿《たど》り着いた。

聞いていたとおり何もない田舎《いなか》だったが、ライナスはこの村をとても美しいところだと思った。ここに来るまでに凍《こお》りついた湖をいくつか見た。今は葉を落とし、寒々しい木々も、春になればこの村に彩《いろど》りを与《あた》えてくれるのだろう。

　のどかな田舎道をひたすら走っていると、数メートル先に馬車と人影《ひとかげ》が見えた。馬の速度を緩《ゆる》める。

　ちょうど道を聞こうと思っていた。ライナスは馬を降り、彼らに近づいた。

「だめだ！　ビクともしねぇ！」

「……まいったわねぇ。とにかく、応援《おうえん》を呼ばないと」

　どうやらトラブルに巻き込まれたらしい。なるべく怖《こわ》がらせないように、ゆっくりと近寄る。己《おのれ》の見た目が厳《いか》ついのは知っている。この前は落とし物を拾っただけなのに、ご令嬢《れいじょう》に鼓膜《こまく》が破れそうになるほどの悲鳴を上げられた。

「どうかしましたか」

　ある程度の距離《きょり》を保ち、ライナスが慎重《しんちょう》に声をかけると、髭《ひげ》を生やした三十代くらいの男性がはっとしたように見上げてくる。

「ア、アルファの騎士様！」

　コートの下の軍服に気づいたのだろう。彼らは急いで一歩下がり、ぎこちなくお辞儀《じぎ》をする。アルファの騎士というだけでこのような態度をとられることに、ライナスは未《いま》だに慣れないでいた。

　この世には男女のほかに三つの性区分がある。

一つ目はアニアーナ国の九割を占《し》めるベータ性、二つ目は王族や貴族を始めとする支配者に多く見られ、とても稀少《きしょう》な存在とされているアルファ性。そして三つ目は、アルファ性以上に数が少なく、男でも女でも妊娠《にんしん》できるオメガ性だ。

ライナスは彼らの言うとおり、アルファ性だった。だがそんなものはただの記号だと常々感じている。大事なのは、どのようなバース性であろうが、その体にどんな魂《たましい》を持っているかだ。

ライナスはお辞儀をしている彼らから視線を外し、馬車を見やった。

「馬車に問題が？」

「……い、いやなに、いつものことですよ。車輪がハマっちまって」

昨夜降った雨によってぬかるんだ道に、荷馬車の後輪が深く沈《しず》んでいる。

「俺が持ち上げます」

ライナスは自身の馬の手綱《たづな》を、隣《となり》にいた女性に渡《わた》した。無言で腕《うで》まくりしていると、焦《あせ》ったように男が近寄ってくる。

「き、気持ちは嬉《うれ》しいんですが、中にカゴがたくさん入ってるんです！　いくら騎士様のお力でも、重くてとてもとても持ち上げらんねぇ――」

「馬車の馬を頼みます」

「……えっ、あっ、はっ、はい！」

ライナスは馬車の後ろに立ち、両手を荷台につけた。そのまま体を泥《どろ》だらけの荷台にぴったりと押しつけ、全身で馬車を押すと、ぬかるみにめり込んでいる車輪が泥を撥《は》ねながら前へと進む。

「す、すげぇやっ！」

「さすがアルファの騎士様だわ……。私たちふたりがかりでも無理だったのに……！　本当にありがとうございます！」

感動している様子の女性から馬の手綱を受け取り、無言でこくりとうなずいた。

「あらやだ！　ど、どうしましょう……！　騎士様のお顔が泥だらけだわ！　ハ、ハンカチを……！」

「いや、いりません」

馬車の荷台についていた泥が、顔にもついてしまったのだろう。ライナスは頬についた泥を雑に拭《ぬぐ》うと、無表情のまま彼らに聞いた。

「……この村の領主代理であるアラン様とは、どのような方ですか？」

恐縮《きょうしゅく》していた彼らは、わかりやすくぱっと笑顔《えがお》になって答える。

「それはそれは聡明《そうめい》で美しくて、素晴《すば》らしいお方です！　ねぇ、あんた！」

「俺たちカゴ職人が飯をたんまり食えるのも、アラン様の裁量あってこそだからなぁ！」

彼らの口ぶりから察するに、嘘《うそ》をついているようには思えなかった。どうやらアランは、領主代理としての責務を全《まっと》うしているらしい。

「アラン様にお会いしたいのですが、城はどこに？」

ぎょっとしたように彼らが目を丸くする。そして気まずそうにふたりで目配せした後、丁寧《ていねい》に城への行き方を教えてくれた。

この先の橋を越《こ》えると湖がある。その湖に浮かぶ小さな島に、アランの城があるようだ。ライナスが手短に礼を言うと、男は恐《おそ》る恐る問いかけてきた。

「も、もしかして、アラン様んとこの新しい専属騎士《きし》様ですかい？」

ライナスが首を縦に振《ふ》るのと同時に、ふたりはこそこそと囁《ささや》き合う。

「おい、やっぱりそうだ」

「……いい人なのにねぇ」

「まぁ、しょうがねぇさ。アラン様のご意向が大事だ」

不穏《ふおん》な会話が耳に入ってきたが、ライナスは聞こえなかったフリをして馬に跨《また》がった。

「騎士様、気をつけて！」

「気をしっかり持ってくださいよっ！」

こくりとうなずき、馬を走らせる。

一筋縄《ひとすじなわ》ではいかない、この胸騒《むなさわ》ぎのような予感は、おそらく外れはしないだろう。

アランは暗闇《くらやみ》の中、大きなアルファの影《かげ》から、必死に逃《に》げていた。振り向いてもアルファの表情は見えない。真っ黒で恐ろしいその影は、アランだけを執拗《しつよう》に追いかけてくる。

通りすがりの人々に助けを求めても、彼らにはアランの声は届かない。絶望し、怯《ひる》んでいるうちに、大きなアルファの影はすぐそこまで迫《せま》っていた。

これはただの幻《まぼろし》だ、現実じゃない。それはわかっているのに、いつもこの悪夢から目覚められない。恐怖《きょうふ》で息が上がる。走り続けたアランの肺が悲鳴を上げ、体中の筋肉もついに限界を迎《むか》えた頃《ころ》、アランは影に捕《つか》まってしまい、叫《さけ》び声を上げた。

「大丈夫《だいじょうぶ》ですか、アラン様……！　起きてください。お客様です！」

肩《かた》を揺《ゆ》さぶられ、アランは勢いよく体を起こした。見慣れた書斎《しょさい》と、心配そうにこちらの様子を窺《うかが》っている年下の執事《しつじ》──ゴードンの姿が見える。悪夢のせいで、心臓はまるで全力疾走《しっそう》したかのようにバクバクと鳴っていた。

「私は……何分、寝《ね》ていた」

「長い時間ではありませんよ。おそらく十分程度かと。……アラン様、またあの夢にうなされていたんですか？」

肩を竦《すく》めたゴードンに仏頂面《ぶっちょうづら》でうなずきながら、握《にぎ》りしめていた羽根ペンをペン立てに戻《もど》す。

◇

領地の予算について考えを巡《めぐ》らせていたはずだったが、最近の睡眠《すいみん》不足が祟《たた》り、少しだけ眠《ねむ》ってしまったらしい。

「客と言ったな。いったい誰《だれ》が来た？」

「それがですね……えーと……アラン様にお目にかかりたいという方が、いらっしゃってまして……その……」

なんとも歯切れの悪いゴードンの様子を見て、アランはピンときた。

「また父上が寄越《よこ》した客だな……。すぐに追い払《はら》ってやる」

アランは誰に言うでもなく宣言し、ゴードンを書斎に残してずんずんと玄関《げんかん》へ進んだ。

「お、お待ちくださいっ！　アラン様！」

階段から玄関ポーチに立つ青年を見下ろした瞬間《しゅんかん》、アランの怒《いか》りは頂点に達した。

「私がアランだ！　客というのはお前か！」

アランの目をまっすぐに見て青年が言う。

「はい。ライナス・ケイ・スタンリーと申します」

深いワイン色をした軍服には、金色のボタンがあしらわれていた。胸元《むなもと》に刺繍《ししゅう》された竜《りゅう》の紋章《もんしょう》、それから美しいレースで装飾《そうしょく》された肩章《けんしょう》と、腰《こし》に佩《は》いた細身の剣《けん》が、ぱっと視界に入ってくる。

この軍服には見覚えがある。幾度《いくど》となく、この姿の人間を城から追い出してきたのだから。

くすりともせず、まったく愛嬌《あいきょう》を感じられない凍《い》てついた態度。いつ櫛《くし》で梳《と》かしたのかわからないはねた黒髪《くろかみ》。生意気そうな薄《うす》い唇《くちびる》。強気な切れ長の瞳《ひとみ》に、アランのことなど一瞬でねじ伏《ふ》せてしまいそうな筋肉質な体。さらに気に入らないことに、アラン以外誰もが精悍《せいかん》だと言いそうなその顔には、なぜか泥がたっぷりとついている。いったいここに来るまでに何があったというのか。

階段を降り、青年の前に立つ。体が痺《しび》れるようなこの男本来の匂《にお》いと泥の匂いが、アランの鼻《び》孔《こう》を刺《し》激《げき》した。疑う余地もない。こいつはアランがこの世でもっとも嫌《きら》うアルファの騎士だ。

「最初に聞くが、お前は泥遊びが趣味《しゅみ》なのか？」

「……いえ」

「ならば、その泥だらけの姿はなんなんだ」

「これは……」

青年が言い淀《よど》み、アランの苛立《いらだ》ちは増す。

「もういい。答えるな」

王都に住む父は、とうとう万策《ばんさく》尽きたらしい。その証拠《しょうこ》に、今回はいつにも増してひどい男を送ってきた。

「お父上よりお手紙を預かってまいりました」

「……残念だが、読むわけにはいかない。何も言わず、そして何も聞かず、今すぐ王都へ帰ってくれないか？　できるだけ穏便《おんびん》に済ませよう」

「それはできません。どうかお手紙を」

感情の伴《ともな》わないぼそぼそとした声が、アランの耳に入ってくる。ライナスが差し出した手紙を、アランは眉《まゆ》を顰《ひそ》めるだけで受け取らなかった。読まなくても、なんと書いてあるのかは大方想像がつく。ライナスは瞬《まばた》きもせず、アランをじっと見つめていた。緊張《きんちょう》のせいで過敏《かびん》になっている神経を、なんとか理性で抑《おさ》え込む。ライナスは何を思ったのか、ゆっくりとその場に跪《ひざまず》き、もう一度手紙を差し出してきた。アランは男の強い視線に多少たじろぎそうになりながらも、絶対に手紙を受け取らないつもりだった。

頑《かたく》なな視線同士が交わる。どちらも譲《ゆず》るつもりがないのは明らかだ。永遠に時が止まってしまったかと思われたその時。アランのそばで事の次第《しだい》を見守っていた執事のゴードンが、

「では、私が読みます！」

と、さっさと封《ふう》を開けてしまった。

「おい、ゴードン！」

いつもあっけらかんとしている年下の執事は嫌いではないが、こういう時は空気を読めと叫《さけ》びたくなってしまう。

「えーと、……アラン様の専属騎士としてライナス様をお送りしたとのこと。契約《けいやく》期間は三ヶ月、と書かれておりますね。それが嫌《いや》なら王都へ戻ってくるようにとのことです」

やはり思った通りだ。何年たとうが息子《むすこ》を理解してくれない父に、アランは頭を抱《かか》えた。

「ライナス様は十九歳だそうで……あ、私よりひとつ年下でございますね！」

アランはあんぐりと口を開けて、ライナスを見上げる。

「……十九だと？　どう見ても私より年上の顔だ！」

暗にふけ顔だと嫌みを言ってやったのに、ライナスは「よく言われます」とぼそりとつぶやいただけだった。

返答がことごとくズレている。どういう神経をしているんだ、こいつは……。

「アラン様、すごいですよ！　ライナス様はなんとあの王都の騎士《きし》団で二位の腕前《うでまえ》を持つ、とても優秀《ゆうしゅう》なお方だそうです！」

「……はっ！　二位！　二位と言ったか？　ずいぶんと中途半端《ちゅうとはんぱ》な成績だな！」

嫌みったらしくアランが言ったのにも拘《かか》わらず、ライナスはさっきと同様眉一つ動かさなかった。よほどアルファであることに自信があるのだろう。

それもそのはずだ。王都の騎士団は、アルファの中でもエリート中のエリートが集まる。その中で二位の腕前となれば、才能と実力を兼《か》ね備えている証拠だ。しかし、それをやすやすと認められるほど、アランは人間ができていない。

「父上はまたプレゼントをくれたようだ。笑える冗談《じょうだん》だな。私がこの世でもっとも嫌うアルファの騎士を贈《おく》ってくださるとは」

王都にいる父――ドミニクとは、もう何年も会っていなかった。アルファの騎士以外にも、異国から取り寄せた珍《めずら》しい食べ物、ワインや装飾品、いかにも手触《てざわ》りのいい織物など高価なプレゼントはいくらでも届いた。けれど、ドミニク自身がアランに会いに来ることはなかった。あの事件以来ずっと……。

アランの胸に、切なさが流れ込む。もしもアランがこの男のように屈強《くっきょう》なアルファの騎士だったならば、ドミニクとの関係にも違《ちが》った未来が訪《おとず》れたのだろうか。

アランは自身の考えに、皮肉な笑《え》みを浮《う》かべた。想像しても仕方のないことだ。逆立ちしようが、何をしようが、アランはアルファにはなれないのだから。

「アラン様、ひとことよろしいですか？」

ゴードンが大きな目を猫《ねこ》のように開き、アランの耳元で囁《ささや》いてきた。本当に一言で済むのか懐疑的《かいぎ》だったが、アランはゴードンを視線で促《うなが》した。

「アラン様が騎士様をお嫌いなのは、理解できます。しかし、このままずっと引きこもっていても仕方ありません。ドミニク様は四十代とお若いですが、アラン様の番《つがい》の問題もございます。アラン様のアルファ嫌いを治さなくては、進むものも進まないかと……」

番、その言葉を聞くだけで、頭痛がますますひどくなる。

王都からスオ村に来て、もう九年もたつが、その間、アランはオメガだということをひた隠《かく》しにして村を治めてきた。事実を知っているのは、父親のドミニク、そして執事であるゴードンだけだ。

アランの母親もアルファだった。彼女はアランを産んでまもなく亡《な》くなってしまったため、事実を知ることはなかったが。

「このまま一歩もスオ村から出ず、生涯《しょうがい》を終えるつもりですか？」

ゴードンの言葉はまるで槍《やり》のごとく一直線にアランの心を貫《つらぬ》いた。だが、顔には出さない。

アランの心臓から流れる血は、ここにいる誰にも見えやしない。

「……ああ、そうだ」

私は生涯ひとりきりで、この村で暮らす。それの何が悪い。

「ライナス……と、言ったな。わざわざ来てもらって悪いが、私に専属の騎士はいらない。その手紙を持って、王都へ帰ってくれないか」

ウェーブのかかった金色に輝《かがや》く髪を耳にかけ、アランは優《やさ》しく笑ってみせた。悲しいことに才能も実力も何ひとつ神から与《あた》えられなかったが、己《おのれ》の容姿の良さだけは知っている。

長い長い沈黙《ちんもく》の後、ライナスは立ち上がりぼそりと言った。

「わかりました」

ようやくアランの気持ちを察してくれたらしい。ほっとして顔を上げた途端《とたん》、ライナスは
「ではまた明日、来ます」とつぶやく。

「……な、なんだと？」

「アラン様の騎士として認めてもらえるまで、これから何度でもここへ来ます」

ライナスの言葉にアランは驚愕《きょうがく》した。言葉もなく口をぽかんと開けていると、青年は律儀《りちぎ》にお辞儀をする。

「それでは、また明日」

「ちょっ、ちょっと待て！」

何事も無かったかのように立ち去ろうとする青年を、アランは思わず呼び止めていた。無表情のまま、ライナスが振《ふ》り返る。

「や、宿はどうするつもりだ！　言っておくが、この辺りには泊《と》まる場所はないんだぞ！」

いったん王都に帰るにしても遠すぎるし、隣町《となりまち》の宿まで馬を飛ばしても丸一日以上はかかる。

「野宿しますので、ご心配なく」

さらりと答えたライナスにアランは呆《あき》れ、返す言葉を失った。この男は何を言っているんだ。いくらアルファの騎士でも、ひとりきりで野宿するなんて、それこそ野盗《やとう》に襲《おそ》ってくださいと言っているようなものではないか。

「今日のところは失礼致《いた》します、アラン様」

アランは淡々《たんたん》と去って行く後ろ姿を呆気《あっけ》にとられて見つめた。雪のように白い指先を強く握《にぎ》りしめる。このまま無視をするのが一番だとわかっている。けれど、泥《どろ》だらけの男がこの後どうなるのか、どうにも気になってしょうがない。

「待て、ライナス！」

「……はい。なんでしょうか」

訝《いぶか》しげな表情でライナスは足を止めた。

「……ここに泊まっていけ」

消え入りそうなアランの声は、それでもライナスにちゃんと届いたらしい。青年は若干戸惑《じゃっかんとまど》ったように首を傾《かし》げ、「ですが」と反論してくる。

「つべこべ言うな！　今日だけは泊めてやると言っているんだ！　……ゴードン、まずは客人を温かい風呂《ふろ》に入れてやれ。その後、食事の用意を」

「はい、お任せ下さい、アラン様！　どうぞ、ライナス様、こちらへ！」

「ゴードン、忘れるなよ。明日には帰ってもらうからな」

「もちろん、わかってますよ！」

うきうきとライナスを案内するゴードンに呆れ、大きなため息が出た。ライナスの視線を強く感じる。体の奥を他人の手にかき混ぜられたみたいに、胸がざわめいて居心地《いごこち》が悪かった。


次の日、アランはなるべく青年に会わぬよう忙《せわ》しなく仕事をしていた。

「メイドが怪我《けが》をしたと言ったな。休業している間の賃金はしっかり出してやれ。治るまで無理はさせるな。それと、彼女の家族にも最大限の補助を」

「かしこまりました」

「東の土地にヤナギを植えてから三年たっただろう。そちらの刈《か》り入れと、新しい植え付けをさせろ。春になったら、私も視察に行く」

「はい、アラン様」

書斎《しょさい》でゴードンと会議をしていると、コンコンとドアがノックされた。「なんだ」とアランが応《こた》えると、一番会いたくない相手が扉《とびら》の前に立っている。

何か言いたげなゴードンを無視し、ちらりとライナスに視線を向けた。

「まだいたのか。もう王都に帰れと言ったはずだが？」

「昨日はありがとうございました」

「別に礼を言われるほどのことではない……それより、さっさと王都に帰ってくれ」

一歩踏《ふ》み出したライナスの影《かげ》が体に覆《おお》い被《かぶ》さり、瞬時《しゅんじ》に身構えた。心臓が勝手に早鐘《はやがね》を打つ。いつも……いつもこうだ。アルファを前にした時の己の弱さに辟易《へきえき》し、アランは唇《くちびる》をきつく嚙《か》み締《し》める。

「な、なんだ、何かまだ言いたいことでも――」

何をするのかと思えば、ライナスはゆっくりと床《ゆか》に跪《ひざまず》き、アランのほうに顎《あご》先を向けた。まるで忠誠を誓《ちか》うような恰好《かっこう》で。

「いったい、なにを……」

「俺がアルファの騎士だということではなく、仕事ぶりで決めてもらえませんか」

決して大きな声ではなかった。だが、ライナスの力強い黒目と、耳に届いた空気を揺《ゆ》らすような低音に、アランは気圧《けお》された。心臓が破れてしまいそうなほど痛くて、苦しい。

「仕事ぶり……か」

なんて生意気な口を利《き》くアルファだ。

腸《はらわた》が煮《に》えくり返るのを感じつつも、アランは余裕《よゆう》の笑みで、膝《ひざ》をついている男をわざとらしく見下ろす。

「わかった。お前の言うとおり、仕事ぶりとやらを見てやろうではないか」

三ヶ月の契約《けいやく》期間？

冗談《じょうだん》じゃない。今までも一ヶ月とたたずに騎士を追い返してきた。今回も口先だけで、すぐに音を上げるに違いない。

「機会を与えてもらい、感謝いたします」

揺るぎない凛《りん》とした視線が、アランを射貫《いぬ》く。本当にそう思っているのか甚《はなは》だ疑問だ。ライナスの双眸《そうぼう》の奥には、誰《だれ》にも指図されたくないと言わんばかりの冷たい光が、じっとりと浮《う》かんでいるように見える。

「……言っておくが、お前を私の騎士として認めたわけではないからな。肝《きも》に銘《めい》じろ」

「はい」

案外素直《すなお》にライナスは返事をしたが、アランの心は乱れたままだった。

やっと、……やっと自分の居場所を手に入れられたのに――。

アランは強く決意した。

なんとしてもこの男を城から追い出さなければ。


オメガは三ヶ月に一度、まるで獣《けもの》のように発情する。オメガの発情はヒートと呼ばれ、生命力の高いアルファの番《つがい》を求めて一週間ほど続く。

きっちり一週間、アランは薬漬《くすりづ》けの毎日を過ごし、やっと日常を取り戻《もど》した。アルファの番を見つけるつもりのないアランにとって、ヒート時の抑制剤《よくせいざい》は命綱《いのちづな》だ。

火照《ほて》りがようやく抜けた体をベッドから起こし、堅《かた》く閉《と》ざしていた自室の窓を開けた。

一週間ぶりの爽《さわ》やかな風が、金色の髪を揺らす。変わらない湖の美しさに、折れかけていた心が癒《いや》された。

スオ村で一番大きな湖の中心部には島があり、アランの住む城はそこに建てられている。

元々は亡《な》くなった母親が住んでいた城で、歴史がある建物にしてはとても清潔で頑丈《がんじょう》だ。

ピンク色の煉瓦《れんが》を用いた石積み。周りを囲むコバルトブルーの美しい湖の景観。ほかの貴族の城に比べたら規模は小さいが、アランはこの城を心から気に入っていた。そして何より、花が咲《さ》き乱れる春の庭を自室からゆったりと見るのが、毎年の小さな楽しみだった――が、しかし。

「……な、なんてことだ！　まだ辞《や》めていなかったのか、あいつは……！」

眼下に大きな図体《ずうたい》が見え、アランは目を疑った。ライナスが黙々《もくもく》と草むしりしている。

ゴードンを呼ぶための呼び鈴《りん》に手を伸《の》ばすと、見計らったかのようにゴードンが扉をノックしてきた。

「アラン様、ゴードンです。お体はいかがですか？　一応、お薬を持ってまいりましたが、いかがいたしましょうか？」

アランはすぐにゴードンを部屋へ入れると、ヒートの薬を受け取った。発情の名残《なごり》は見られないが、念には念を入れる性格だ。

白い薬の粒《つぶ》を急いで飲み込む。文句を言おうとゴードンを振《ふ》り返ったら、のんきな口調で先を越《こ》された。

「ライナス様は、本日も黙々と働いていらっしゃいますよ。信じられませんねぇ。新記録更新《こうしん》ですね、アラン様！」

にこにこと笑いながら、ゴードンが言う。

ライナスを嫌々《いやいや》城に受け入れてから、はや一ヶ月。季節は春になってしまった。

アルファというだけでも嫌なのに、得体の知れない無口な騎士《きし》と一緒《いっしょ》に城で過ごすストレスといったらない。毎日、毎日、どれだけ不躾《ぶしつけ》な態度で虐《いじ》めても、まるで大木のようにライナスは微動《びどう》だにせず、じっとそこにいて耐《た》えている。

ここのところ一週間はヒートのせいで、アランは部屋に引きこもっていた。できる限りの嫌がらせをゴードンに命じさせ、いくら鈍感《どんかん》な男でも、さすがにもう辞めているだろうと思っていたのに……。

「どうなっているんだ、あいつは……！　おい、ゴードン！　私がヒートの間に辞めさせろと言っただろう！」

「アラン様、そんなこと私におっしゃられても困りますよ」

「私が言ったとおりの部屋を与《あた》えているんだろうな！」

「ええ、もちろん。この城で一番ボロい……じゃなくて、一番歴史のある部屋を自由にしていいとお伝えしております。ですが実際は、毎晩、アラン様の部屋に近い階段前で寝《ね》ていらっしゃるみたいですよ。『アラン様に何かあった時、ここならすぐに駆《か》けつけられるから』とおっしゃって。健気《けなげ》ですねぇ」

ヒートの時に襲《おそ》われては、たまったものじゃない。ライナスには絶対にアランの部屋の前に近寄るなと命じてあった。

それにしたって、理不尽極《りふじんきわ》まりないアランの命令を、ライナスが忠実に守っているのは信じられないことだった。

日中はだいぶ暖かいが、このあたりの夜はひどく冷える。寝具《しんぐ》もなしに階段で寝るのは、さぞ体に応《こた》えるだろう。かすかに罪悪感を覚えてしまいそうな自分を叱《しか》りつけ、アランはぐっと眉間《みけん》に力を入れた。

「健気か……物は言いようだな。私には表面だけのアピールにしか見えないが」

「そんなことありませんよ、アラン様。実際、メイドたちからの評判もばっちりなんです！」

「なんだと……？」

「ほら、アラン様のご意向で、この城にはベータ、しかも小柄《こがら》な人間しかおりませんでしょう？　メイドたちも、薪割《まきわ》りとか、煙突《えんとつ》の掃除《そうじ》とか、カーテンの取り付けとか、ライナス様のお力を何かと頼《たよ》っているようですよ」

ぴくりとまぶたが痙攣《けいれん》した。

「彼女たちが言うには、『無口でよく働く素晴《すば》らしいアルファの騎士様』だそうです。これほど評価が高いのは初めてじゃないですかぁ？」

アランはレースのカーテンを握《にぎ》りしめ、危《あや》うくそのまま引きちぎりそうになってしまった。

あいつには、アルファの騎士としてのプライドはないのか。アルファがメイドたちと一緒になって働くなんて考えられない。

腹の立つ事実だが、アニアーナ国ではアルファは絶対の存在だ。貴族がアルファであることは当たり前で、稀《まれ》に生まれるアランのような存在は最初からなかったことにされるか、蔑《さげす》まれて一生を暮らすのみだ。オメガに価値を見出《みいだ》す者も若干《じゃっかん》いるが、それはオメガ自身というより、オメガが産むといわれる優秀《ゆうしゅう》なアルファが欲しい者だけだろう。

アランの経験から言えば、アルファ至上主義のこの世界で、アルファはベータやオメガと一緒にされることを極端《きょくたん》に嫌っている。

今までのアルファの騎士ならば、顔を真っ赤にして怒《いか》り狂《くる》っていたはずだ。あれだけ虐めているのに、ライナスからはアランの想像する反応がまったく返ってこない。

やれることはすべてやった。嫌がらせで草むしりを命じたり、冬の寒さの中、寝床《ねどこ》を与えず待機するよう命じたり、アランがヒートになる一週間前には、湖に浮かんでいる草木の掃除というなんの意味もない苦行を命じたりもした。全身びしょ濡《ぬ》れになって、湖に飛び込んでいたライナスの姿を思い浮かべる。あの時も、やつは平然としていた。

もはやライナスのアルファとしてのプライドは、粉々になっていてもおかしくない。

「私の勘《かん》ですが、今度こそあの方は違うのではないでしょうか？」

アランは返事をせず、ただゴードンのほうを静かに振り向いた。アランの顔色を見て、何か察したらしい。ゴードンは「それでは、私は買い出しに行ってまいりますね！」と、そそくさと部屋を出て行ってしまった。

今度こそ違う？　勝手なことをべらべらと。

アランは服の袖《そで》で鼻先を覆《おお》った。なるべくライナスには近寄らないようにしているが、まるで異国の香辛料《こうしんりょう》を思い出させる独特なアルファの匂《にお》いが、鼻にこびりついている感覚がする。

アルファの匂いを嗅《か》ぐと、どうしても嫌な記憶《きおく》が呼び覚まされる。

追いかけて来る無数の影《かげ》。アランは頭に浮かんでいる光景に吐《は》き気がした。忘れようとしても忘れられない記憶は、何年たとうと鮮明《せんめい》な幻《まぼろし》を作り出し、アランをひどく混乱させる。肌《はだ》に触《ふ》れるアルファの大きな手の感覚、逃《のが》れられない恐怖《きょうふ》の中、繰《く》り返される感情。

「……わ、私に触《さわ》るな!」

そばにあったガラスの花瓶《かびん》を衝動《しょうどう》のまま持ち上げ、力任せに振り回す。机に当たった花瓶が、派手な音を立てて割れた。

頭が痛い。今、私はどこにいる? 王都? 寄宿舎?

そんなわけがない。けれど、あの寄宿舎の古い木の匂いと、食堂に並べられた食べ物の匂いを確かに感じる。

呼吸が荒《あら》くなる。どっと背中に汗《あせ》をかき、アランは割れた花瓶を強く握りしめた。目の前が真っ暗になって、まともに立っていられない。倒《たお》れるように座り込んだ直後、すうっと背中に誰《だれ》かの手が触れた気がして喉《のど》がのけぞった。

「い、いやだっ!」

落ち着け。違《ちが》う、これは幻だ。息が苦しい。何もわからない。ただ恐怖が心を支配していく。

「……っ、消えろ……頼むから、消えてくれ！」

体中を這《は》う手から逃れるように、何度も、何度も、割れた花瓶を振り回していた。

「アラン様、ライナスです」

扉《とびら》の向こうから男の声が聞こえ、我《われ》に返って顔を上げる。

「大きな音がしましたが、……どうかしましたか？」

冷静なライナスの言葉に、現実へ引き戻《もど》された。アランはすぐに呼吸を整え、ふらりと立ち上がる。

「何も……問題はない。持ち場に戻れ」

「いいえ、アラン様の状況《じょうきょう》を確認《かくにん》するまでは戻れません」

「問題ないと言っているだろう！」

「すみませんが、開けます」

「なっ……！」

反論する暇《ひま》も与えられず、扉が開いた。部屋を見渡《みわた》したライナスの顔に、大きく驚《おどろ》きの色が表れる。アランは動揺《どうよう》を悟《さと》られぬよう、とっさに軽薄《けいはく》な笑《え》みを口の端《はし》に浮《う》かべた。

「みっともなく慌《あわ》てるな、ライナス。見ての通り、ただ花瓶が割れただけだ」

「……ですが、……手を、怪我《けが》しているようです」

お世辞にもおしゃべりが上手だと言えない男が、ぼそぼそとつぶやく。

ライナスの視線を辿《たど》り、アランはようやく自分の手が真っ赤に染まっていることに気づいた。夢中になって花瓶を握りしめ、手のひらを深く切ってしまったらしい。傷口を認識した途端《とたん》、ズキズキと激しい痛みが襲ってくる。

水浸《みずびた》しの床《ゆか》に、粉々に割れた花瓶、白い花の上に落ちる真っ赤な血。また幻に囚《とら》われてしまった。ここ数ヶ月は症状《しょうじょう》もなく、油断していた。あまりの情けなさに目眩《めまい》がしたが、意地だけでその場に踏《ふ》みとどまった。

「あとで片付けさせる。お前はもういい、出て行け」

「……俺が手当てをします。座っていてください」

「いい、構うな」

「手は心臓より高くしてください。すぐに戻ってきます」

「お、おい、待て！」

ライナスはアランを一瞥《いちべつ》し、結局、走って行ってしまった。

本当に話が通じない男だ。それでなくても機嫌《きげん》が悪いのに、アランの苛立《いらだ》ちは収まりそうになかった。

宣言どおり、ライナスは救急箱と綺麗《きれい》な水の入った桶《おけ》を持って、すぐに戻ってきた。

本当にこの男は手に負えない。だが、このままこの男のペースに巻き込まれるのはごめんだ。

「そこに座ってください」

かすかに肩《かた》に触れられ、アランは力いっぱいライナスの手を振《ふ》り払《はら》った。

「何度言えばわかる。私に構うなと言ってるだろう！」

「アラン様、だめです。暴れると、傷口が広がります」

子供を窘《たしな》めるような態度で手首を掴《つか》まれ、かぁっと頬《ほお》が熱くなった。男はアランの血が己《おのれ》の手についても、顔色ひとつ変えない。

「うるさいっ！　私にさわ、る、なっ――」

ライナスの手から逃れようとしてもがいた刹那《せつな》、強く抱《だ》き寄せられ、アランの息が止まった。むせ返るようなアルファの匂い、獣《けもの》みたいなライナスの強いまなざし、服越《ご》しにも伝わる鍛《きた》えられた筋肉の層。自分の中の卑《いや》しい性が、腹の底でズクンと反応する。

……だから、嫌《いや》なのだ。こんな体も、この男も、何もかも消えてしまえばいい。

男の腕《うで》から逃《のが》れようとして思い切り抵抗《ていこう》をすると、

『言うことを聞いてください！』

異国の言葉がアランの耳に届いた。今、この男はなんと言った？

アランが大人しくなったのを感じ取ったのか、ライナスは長い息を吐き出すと、アランの耳元で唸《うな》るように言った。

「……戦地にいた時、傷口から菌《きん》が入り込み、三日三晩苦しんだ末に亡《な》くなった友人がいました。それも何人も」

初めて聞く怒気《どき》を含《ふく》んだ声に、ふっと体の力が抜《ぬ》ける。そのままライナスに誘導《ゆうどう》されたアランは、嫌みったらしく口角を上げてソファに座り込んだ。

「なんだそれは……？　まさかこの私を脅《おど》しているのか？」

ほんの少しだけ気まずそうな顔をしたライナスが、アランの体から手を離《はな》す。

「いえ、事実を述べただけです。……できれば、俺に、手当てをさせてください」

さっき見た、獣のようなライナスの瞳《ひとみ》は幻だったのかもしれない。ライナスはまた無表情に戻っており、アランに感情を読ませまいとしている。

アランは疲《つか》れ切っていた。傷は痛むし、気分は最悪だ。きつくまぶたを閉じる。

「……勝手にしろ」

小さくつぶやいたアランに、ライナスは「ありがとうございます」と色のない声で答えた。


その大きな手からはとても想像できないが、ライナスの手際《てぎわ》はよかった。傷をぬるま湯で洗い、いつの間にか付いてしまった細かいガラス片《へん》を丁寧《ていねい》に取り除いていく。

アランは落ち着かなかった。男が清潔な麻布《あさぬの》で傷口を拭《ふ》いている際も、アランの手にひんやりとする軟膏《なんこう》を塗《ぬ》っている間も。

「ひどい風邪《かぜ》をひいていたとお聞きしましたが、お体は大丈夫《だいじょうぶ》ですか？」

「……大丈夫だ」

この男は本当にばかなのか。毎日虐めてくる得体の知れない貴族に、こんなにも心を砕いている。

軟膏を塗り終えたようだ。今度はガーゼを当てられ、傷口を強く押さえられた。

「……っ！」

何倍もの激痛が走り、意図せずアランの唇《くちびる》から唸り声が漏《も》れる。

「す、すみません」

力を弱め、申し訳なさそうにするライナスを見ていたら、アランは自分の中の嗜虐心《しぎゃくしん》が満たされるのを感じた。

「痛すぎる、へたくそが。お前では無理だ。今すぐゴードンを呼べ」

「……ゴードンさんは出かけています。我慢《がまん》してください。直に終わります」

どれだけきつい言葉を浴びせようと、肝心《かんじん》の男の心は一切《いっさい》傷つけられない。アランは自分がとても弱い生き物に逆戻りしてしまったような気がした。今までどんなアルファであっても、城から追い出してきたというのに……。

行儀《ぎょうぎ》良く膝《ひざ》を折り、包帯を巻いているライナスを、アランは注視した。

黒一色だと思っていたライナスの目には、深い藍色《あいいろ》が混ざっている。光に照らされた湖の水底《みなそこ》のような美しい瞳。

心臓がドクンと力強く脈打ったような気がした。何かがおかしい。これは大変危険な兆候だ。これ以上、この男のことを何も知りたくない。アランは静けさと精悍《せいかん》さをたたえたライナスの瞳から視線を逸《そ》らし、努めて冷淡《れいたん》に聞こえるように言い放った。

「どうだ、ライナス。ここを出て行く気になったか？」

ほんの少しの間、ライナスは動きを止めたが、また何事もなかったかのように包帯を巻き始める。

「いいえ。十分な食事、それに寝床《ねどこ》まで提供してもらっています。出て行く理由がありません」

ククッと腹の底から笑いが込み上げた。あの部屋と階段は、寝床と言うにはあまりに粗末《そまつ》な代物《しろもの》だ。

「どうやらお前は、私以上に嫌みが得意なようだな」

「……嫌み、ではないのですが」

ライナスはうつむき、アランの手に巻いた包帯の端《はし》をきゅっと小さく結んで留めた。

「俺とアラン様の考え方は違《ちが》うようです」

「どういう意味だ」

「……俺は、食べていければ十分です。ほかに望むものはありません」

立ち上がったライナスが、割れた花瓶《かびん》を片付け始める。健気《けなげ》な青年を演じるのが本当にうまい。いったいどこに傲慢《ごうまん》で不遜《ふそん》なアルファの本性《ほんしょう》を隠《かく》しているのだろう。

望むものはない？　ばかにするのもいい加減にしてほしい。

「そうだろうな。望むまでもなく、今まで多くのものを手にしてきたのだろう？　甘やかされて育ったアルファらしい言葉だ」

割れた花瓶のカチャカチャと擦《こす》れ合う音が、部屋に小さく響《ひび》いていた。ライナスはアランに背中を向けたまま、「はっ」と短い声をもらす。それが嘲笑《ちょうしょう》なのか、それとも他《ほか》の何かなのか、アランにはわからなかった。

すっと立ち上がったライナスの手には、割れてしまったガラスの破片がいくつもある。

「まだ細かいガラスが散らばっています。危ないので……アラン様はそこから動かないでください」

ライナスが素っ気なく部屋を出て行く。アランはライナスの言葉どおり、ソファから一歩も動かなかった。

一瞬《いっしゅん》見えた、ライナスの顔。今にも泣き出しそうな子供みたいな表情。

巻かれた包帯の奥で、ドクドクと傷口が疼《うず》く。アランはあの男の心に、ようやく傷をひとつつけられたらしい。

「もう大丈夫です。軟膏も必要ありません」

その日の昼過ぎ。ソファの前に跪《ひざまず》いたライナスは、アランの手から包帯を取ると、愛想《あいそ》笑いひとつせずに言った。

ソファに深く座り直し、アランはほっとして小さく息をつく。

手のひらの傷が治ったことに安堵《あんど》したのではない。手当てと称《しょう》して長らくアランのそばにいたライナスから、やっと解放されると思ったのだ。

二週間ほどで手のひらの怪我《けが》は完治した。

ライナスの心に傷をつけたであろうあの日。今度こそライナスはアランの騎士《きし》になることを諦《あきら》めるだろうと確信したが、結局、彼はこうして未《いま》だに城に残っている。さらにアランと距離《きょり》を取るどころか、いつもの仏頂面《ぶっちょうづら》で「傷が治るまで、俺が診《み》ます」とわけのわからない主張をし始めたのだ。有無《うむ》を言わさず傷口を毎日手当てされて、アランは困惑《こんわく》した。

貶《けな》し、脅し、どれだけ不利な状況《じょうきょう》に追いやっても、なぜこの男はアランの騎士になることを諦めないのか。

手のひらに痛みがあるうちはマシだった。だが傷口が治っていくと、どうしてもライナスの一挙一動に目が釘付《くぎづ》けになり、心を支配されてしまう。

太くて骨張った手、逞《たくま》しい腕《うで》、傷口を注意深く見る真剣《しんけん》な表情。見た目は無骨な男だが、アランに触《ふ》れる手は笑ってしまうくらい思慮《しりょ》深く、優《やさ》しさに満ちている。こんな風にアルファに触れられたことなど一度もなかった。

こちらだけが気詰《きづ》まりしてしまうような沈黙《ちんもく》が続き、アランは普段《ふだん》よりも余計にライナスを意識した。

まったくこの男は、気の利《き》いた話のひとつもできないのか。

ライナスはこちらの気持ちなど露知《つゆし》らず、黙々とアランの手の具合を確かめている。

深く息を吸い込んだ。ライナスの首筋から、わずかに汗《あせ》の匂《にお》いとあの異国の香辛料《こうしんりょう》を思い出させる独特なアルファの匂いがする。

最初はこの匂いを感じるだけで不快だったのに、最近はすっかり慣れてしまっていた。そればかりか、妙《みょう》にいい香《かお》りに感じてしまう瞬間もあるのだ。もっと嗅《か》いでいたい、そんな欲求すらある。アランはライナスによって作り変えられていく自分が恐《おそ》ろしくてたまらなかった。

「手を動かしてみてくださいさい。ひきつったりしませんか？」

渋々《しぶしぶ》手を動かし、わざとらしいため息をつく。

「……見てのとおり大丈夫だ。私のことはいいから、他にやるべきことをしろ」

「本日の業務はすべて終わりました」

「草むしりも？　煙突《えんとつ》の掃除《そうじ》も？　シーツの洗濯《せんたく》もか？」

「はい」

怒《いか》りも侮蔑《ぶべつ》も込められてない、あくまでも主に忠実な答えが返ってくる。

治ったはずの右手に感じる疼痛《とうつう》。

アランは自分が、おとぎ話に出てくる意地の悪い継母《ままはは》になった気がした。

何も難しいことは願っていない。この男が今すぐにでもアランの城から出て行ってくれれば、互《たが》いに傷つけ合うこともなくなるのだから。

「アラン様、今日は……騎士として、あなたのおそばにいてもいいでしょうか？」

大きな図体《ずうたい》を屈《かが》め、ライナスが聞いてくる。お姫様《ひめさま》に傅《かしず》く騎士そのものの姿を見ていたら、衝動的《しょうどう》な怒りを抑《おさ》えられなかった。

「ゴードンから何か聞かされたのか……」

「いえ、何も」

ゴードンには、アランがオメガだということは絶対に言うなと釘を刺《さ》している。ゴードンが言うはずはない。そうではない、そうではなくて……。自分でも何に憤《いきどお》っているのか、整理ができていなかった。アランはライナスをじっと見下ろし、やがてその答えを見つけた。

「そうやって……なぜいつも私の前に跪く」

思い返せば、初めて会った時も、怪我の手当てをする時も、常にこの男はアランの前で膝をついていた。

少しでも言い淀《よど》めば、これ以上ないくらいの罵声《ばせい》を浴びせてやろうと思っていた。しかし、ライナスは体を縮こめたまま、まじろぎもせずにアランを凝視《ぎょうし》してくる。

「アラン様のご様子から察するに、俺のような長身の男が苦手なのだろうと思いました。……

ですので、なるべく圧を与《あた》えない恰好《かっこう》をと思い――」

「もういい、黙《だま》れ」

ライナスはすぐに口をつぐんだが、アランは全身の血がたぎるほどの苛立《いらだ》ちを持て余した。

さすがはアルファの騎士といったところか。アランがライナスを見て恐れおののく心を、この数十日間で見事に見破ってみせたというわけだ。

今までそんなことを言ってきたアルファの騎士はひとりもいなかった。今回も上手《うま》く逃《に》げ切れていたはずだった。どれだけ心を読ませないように殻《から》の中に閉じこもっていても、この男だけはずかずかと心に入り込んでくる。

「……たいした観察眼だ。それに優しいな、ライナス。ありがたくて言葉も出ない」

ソファから素早《すばや》く立ち上がり、少しでもライナスと距離を取るために書斎《しょさい》へ向かう。ライナスはすぐにその後をついてきた。

「俺の言葉で……何か気に障《さわ》ったのなら、謝ります」

追いかけて来るライナスの影《かげ》。アランの歩幅《ほはば》がだんだんと大きくなる。けれど、余裕《よゆう》でついてくる身長の差が、心底憎《にく》たらしい。アルファの恵《めぐ》まれた体、アランには与えてもらえなかった体。

「謝罪はいい。それより、今すぐ王都に戻《もど》れ」

「それは、できません」

「……ならば、せめてその口を今すぐ閉じろ！」

命令に従い、ライナスが口を結んだ。この男が従順に従おうが、生意気に逆らおうが、どちらにしてもアランの気は収まらない。

「アラン様！　捜《さが》しておりました！」

怒りながら無言で階段を降りる途中《とちゅう》、ゴードンから呼び止められた。アランはつい「なんだ！」と不機嫌《ふきげん》に声を荒《あら》らげてしまい、ゴードンはぎょっとしたように体を硬直《こうちょく》させた。

「……すまないが、ゴードン。今の私はかなり機嫌が悪い。慎重《しんちょう》に発言した方が身のためだ」

「そのようですねぇ……」

ゴードンはアランとその後ろに立っているライナスを交互《こうご》に見やった後、肩《かた》を竦《すく》めて苦笑《くしょう》する。

「タイミングが悪くて申し訳ございませんが、アラン様、これは必ずご覧になったほうがよいかと……。ヒル公爵《こうしゃく》からのお手紙です」

「……ヒル公爵だと？　どうしてこう、次から次へと」

手紙を差し出してきたゴードンに、さらなる悪態をつかずにはいられなかった。

アランは一瞬見なかったことにしようかと考えたが、ひと思いにその場で手紙の封《ふう》を切った。

アラン、ごきげんよう。この前話していた晩餐《ばんさん》会の日時が決まった。今度こそ来てくれる約束だったことを覚えているかい？　ほかの誰《だれ》でもない君のための晩餐会だ。必ず出席してくれ。待っているよ、アラン。

ヒル公爵の流れるように達筆な文字を眺《なが》め、ふうっと肩で息をした。

ライナスが騎士としてアランの城に来る直前の出来事だ。去年の冬、城を訪ねてきたニール・アトキン・ヒル公爵の姿を頭に思い描《えが》く。

ヒル公爵は、アルファの貴族らしくいつも上品な身なりをしていた。彼は侯爵《こうしゃく》である父親のドミニクより爵位が高く、スオ村の隣《となり》に広大な領地を所有している。アランがこの城で暮らすようになった時から、ヒル公爵はなぜかアランを気にかけてくれていた。

――引きこもりの子息がいると聞いて、いったいどんなバケモノが出てくるかと思いきや、ずいぶんと美しい青年じゃないか。

当時、二十代だったヒル公爵が初めてアランの城を訪ねてきた際、彼がアルファで、しかも自分よりも身分の高い貴族であるにも拘《かか》わらず、アランはあまり拒絶《きょぜつ》感を感じなかった。その頃《ころ》のアランの心情を思えばひどく不思議なことだったが、だからこそアランは彼が城に入ることを許したのだった。

――またアルファの騎士を追い返したって？　ははっ、自分もアルファなのにアルファ嫌《ぎら》いとは本当に君は愉快《ゆかい》だな。

アランが父親から送られてきたアルファをひどい手口でやり込めたと知っても、彼はどこ吹《ふ》く風といった感じだった。

——私もアルファだが、追い返さなくていいのかい？

——……他《ほか》のアルファと違《ちが》って、あなたは一緒《いっしょ》にいても怖《こわ》くありません……。

——そうか、それは嬉《うれ》しいな。

ヒル公爵は城から出ないアランの体調を常に気遣《きづか》い、何度断ろうとも高い贈《おく》り物をくれた。優しくされるたびにアランは彼への感謝を伝えたが、本心ではヒル公爵に対する苦手意識をどうしても抑えられなくなっていた。その理由は、単に彼が何人ものお気に入りの愛人を囲っているという噂《うわさ》をゴードンから耳にしたせいではない。本人たちが承諾《しょうだく》しているのなら、誰も口出しできないことだろう。実際にアランは何度もヒル公爵と会話をし、いかに大嫌いなアルファといえど、彼が知的で思慮《しりょ》深い紳士《しんし》だとわかっているつもりだった。だが、彼の目に見つめられると、アランは体の外側がぞわぞわとし始め、小さな不安に囚《とら》われるのだ。時折感じられる、あのねっとりと絡《から》みつくような視線。

あの日もそうだった。

アランはヒル公爵が訪ねてきた、あの冬の日のことを鮮明《せんめい》に思い出していた。

ふたり分のティーカップをテーブルに置いた後、ゴードンはお辞儀《じぎ》をして部屋を出て行った。

あの時、客間にはヒル公爵とアランしかいなかった。あたりはとても静かで、暖炉《だんろ》の火だけがパチパチと音を立てていた。

――ヒル公爵、……せっかく、お越《こ》しくださったところ申し訳ありませんが、晩餐会への参加は遠慮させて頂きます。

ヒル公爵はアランを見つめ、瞳《ひとみ》に同情めいたものを浮《う》かべた。三つ編みにまとめられた紅茶色の髪《かみ》は艶《つや》めき、彫《ほ》りの深い端整《たんせい》な顔立ちには、アランより十歳以上年上であることを感じさせない若々しさと色気があった。

――アラン、君がこの村に来て、もう九年になるな。

――……はい。

気まずさが呼吸を妨《さまた》げており、アランは蚊《か》の鳴くような声で答えた。

――なぜ君が王都の学校を辞めてまで、この村に来たのか、私は知らないし、君は話そうともしない。

悠々《ゆうゆう》たる態度で微笑《ほほえ》まれたアランは、視線を落としてティーカップへと手を伸《の》ばした。ヒル公爵がわざわざ取り寄せたという高価な紅茶は、状況《じょうきょう》のせいかまったく味がしない。

――君ももう二十五歳だ。ようやく城から出られるようになったのはいいが、そろそろ結婚《けっこん》を考えていい歳《とし》だろう。私はその歳でふたり子供がいた。

アランはこれ以上紅茶を飲む気になれず、持っていたティーカップをゆっくりとソーサーに置いた。自分が誰かと家族になるなんてぜんぜん想像がつかないし、考えたこともない。

——とにかく晩餐会に来なさい。

——お、お断りします。私はこの村を出るつもりはありません。

——困ったな。いやなに、君が頑《かたく》なに晩餐会に来ないせいで、変な噂を流す輩《やから》がいるのだ。

アランの心臓が、ドクンと鳴る。

——変な、噂……？

——ああ、そうだ。まったくデタラメもいいところだ。君がオメガだなんて。

息が止まる。アランは自分の体が引っ張られて、ばらばらになっていくような感覚を覚えた。

——それとも、本当に君はオメガ——。

——違います！　私は、オメガではありません！　そういうことでしたら……晩餐会には、喜んで参加させて頂きます。

アランは立ち上がりそうになる衝動《しょうどう》を抑《おさ》えつつ、ヒル公爵の言葉を遮《さえぎ》った。見ず知らずの貴族たちがオメガだと噂している姿が、アランの頭の中で幾度《いくど》も再生される。

——それはよかった。君が参加すれば、皆《みな》の誤解も解けるだろう。待っているよ、アラン。日時が決まったら、必ず招待状を送ろう。

手紙を握《にぎ》りしめ、きつくまぶたを閉じた。ヒル公爵の言葉が現実となって、今手元にある。

「アラン様……もし本当に参加なさらないのであれば、一度お父上に相談なさったほうが……」

顔面蒼白《そうはく》になったアランに、ゴードンは心配そうに提案してくる。

「いや、父上は関係ない。……これは私の問題だ」

いつまでもヒル公爵の誘《さそ》いから逃《に》げ回っているわけにはいかない、それはわかっていた。けれど、アルファの貴族が大勢いる晩餐会に、たったひとりで挑《いど》む自分を想像すると身が竦む思いがする。

なんとかしなければ……なんとかオメガだと知られずに、自分の身を守る方法を……。ぐるぐると考え込んだアランは、ふとある結論に達した。震《ふる》える指先を握りしめ、おもむろに後ろを振《ふ》り返る。

廊下《ろうか》の窓から差し込む春の光。それに照らされた、威風堂々《いふうどうどう》とした騎士《きし》の姿がそこにある。ライナスはアランのまなざしから何かを察したのか、次の言葉を待つようにきゅっと唇《くちびる》を引き結んだ。

冗談《じょうだん》じゃない。こんなの本当にばかげている。しかし、これしか方法がない。アランはこの世のすべてを恨《うら》み、そして呪《のろ》いながら、

「ライナス、私と一緒に晩餐会に来てくれ」

そうライナスに告げた。

一週間後。

晩餐会へ向かう馬車の中、アランは腹立たしげに窓を睨《にら》みつけていた。ただ流れゆく夕暮れの景色を眺めているように見えるだろうが、実際は違う。

アランは窓に映るライナスを見ていた。まるで別人に生まれ変わったような男を。

いつもボサボサの頭は整えられ、日々アランによる虐《いじ》めによって薄汚《うすよご》れた軍服は、綺麗《きれい》に洗濯《せんたく》されている。

己《おのれ》の容姿にどこまでも無頓着《むとんちゃく》なライナスをなんとかしろと命令したのは、アラン自身だ。しかし、実際にドレスアップしたライナスを見て、アランは複雑な心境に陥《おちい》った。

想像以上にいい男になってしまい、敗北感を覚えずにはいられなかったのだ。やはり、アルファに生まれればすべてが勝ちだということか。

ふたりきりの馬車は、沈黙《ちんもく》に満ちていた。ゴードンに「お前も馬車に乗れ」と命じたが、「さすがに狭《せま》すぎるでしょう」と呆《あき》れたように笑われた。今、ゴードンは御者《ぎょしゃ》と共に、御者台にいる。

ふとライナスがこちらをじっと見つめているのに気づいた。

「……なんだ。私の顔に何かついているか？」

威嚇《いかく》するようにライナスへ顔を向けると、男はそっと目を伏《ふ》せる。

「いえ……」

アランは何か言いたげなその態度が、歯がゆくてしょうがなかった。

「言いたいことがあるなら、はっきりと言え」

小さなことに煩《わずら》わされるのはごめんだ。これからさらなる災難が待っていることは確実なのだから。

「あの……」

「だからなんだ！」

「……とても、お綺麗です」

アランは「……は？」と声にならない声が、口元からこぼれ落ちるのを感じた。驚《おどろ》いた瞳同士がぶつかる。

「……な、なんでもありません。忘れてください」

説明するのが面倒《めんどう》だと思ったのか、ライナスは口を真一文字に結び、黙《だま》り込んでしまった。

先ほどの言葉の意味を遅《おく》れて理解し、アランの体がじわりと熱を持つ。

――とても、お綺麗です。

別に容姿を褒《ほ》められることは珍《めずら》しいことじゃない。

気合いの入ったゴードンによって、いつも以上に見た目に気を使っているのは確かだ。清潔な白のドレスシャツ、その上にはウエストコートを重ね着し、胸元《むなもと》には黒の蝶《ちょう》ネクタイを結んでいる。それから羊毛製の黒いテールコートに、ストライプの入った細身のズボン。ゴードンはアランの着替《きが》え終えた姿を見て、「素晴《すば》らしいです、アラン様！」といつにもまして興奮していた。鏡で自分の姿を確認《かくにん》したアランには、どこにでもある伝統的な正装にしか見えなかったが……。

今さら大《おお》げさに騒《さわ》ぎ立てることじゃない。なのに、信じられない。今まで聞いてきた世辞とは比べ物にならないほど、この男の言葉に頰《ほお》が熱くなっている。

アランはライナスに心の動揺《どうよう》を見透《みす》かされぬよう、ふんっと顔を背《そむ》けた。

しばらくして、

「もうすぐヒル公爵《こうしゃく》の城に着くようです」

窓の外に目をやったライナスが、淡々《たんたん》と言う。

「あ、ああ……」

アランは鼓動《こどう》が速まっていくのを感じた。先ほどライナスに感じたそれとはまた違《ちが》う種類の動揺だった。

もう逃げ場はない。これから何人ものアルファの貴族に会わなければならない。それもオメガであることを隠《かく》し、アルファのフリをして——。

呼吸が乱れ、指先が震え始める。

落ち着け、大丈夫《だいじょうぶ》だ。ヒートはもう終わった。次の発情は三ヶ月後。いざというときのための薬も内ポケットにある。

「どうかしましたか……？」

ライナスがアランを案じ、瞳《ひとみ》を覗《のぞ》き込んできた。

「……かまうな」

ひとこと言い返すのが精一杯《せいいっぱい》だった。手足がどんどん冷たくなっていく。まるで全身が氷水の中に浸《つ》かっているみたいだ。馬車はヒル公爵の城に刻々と近づいていく。鼓動の乱れはどんどんひどくなっていた。でも、やらなければ。代わりなどいない。私が、やらなければ――。

「俺が必ず守ります。あなたは……ひとりではありません」

心を見透かしたようなライナスの声が、ぽつりぽつりと聞こえる。アランは冷たい指先を握りしめ、「はっ」と鼻であしらってみせた。

「……言っておくが、お前を私の騎士と認めたわけではない。お前は私のことより、晩餐会《ばんさん》で粗相《そそう》をしないことだけを考えるんだな」

いつもどおりの悪態をつくと、年下の騎士がぎこちなく口角を上げる。

「その意気です、アラン様」

なんて生意気なやつだ。これがこの男の笑顔《えがお》だというのなら、ずいぶんへたくそだとアランは心の中で小さく笑った。

アランたちがヒル公爵の城に着いてすぐ、舞踏会《ぶとう》が始まった。ゴードンと御者は、晩餐会が終わるまで外で待つことになっている。

主催者《しゅさいしゃ》であるヒル公爵が豪華絢爛《ごうかけんらん》な広間で挨拶《あいさつ》を行い、その際、アランとライナスを大々的に紹介《しょうかい》した。

ライナスは真顔のまま一言も喋《しゃべ》らなかったが、アランは上品な語り口で、その場での会話を無難に切り抜《ぬ》けた。鏡を見ないでもわかる、完璧《かんぺき》な愛想笑《あいそ》いだ。

——俺が必ず守ります。あなたは……ひとりではありません。

ライナスの言葉どおり、男はずっとアランのそばを離《はな》れなかった。ライナスの存在を認めたわけではないが、少なからずアランの背中を押してくれるひとつの要因であることは否《いな》めない。

華《はな》やかな弦楽器《げんがっき》の演奏が始まる。古い慣習のとおり、身分の高いヒル公爵がまず広間で踊《おど》った。アランは着飾《きかざ》った女性たちと談笑《だんしょう》しながら、ヒル公爵の洗練されたダンスを見守る。恐怖《きょうふ》は少しずつ鎮《しず》められていった。代わりに普段《ふだん》は味わえない高揚《こうよう》がアランの胸に宿る。

「アラン様のお連れになった騎士《きし》様は、とてもモテモテのようね」

隣《となり》にいた女性が、無邪気《むじゃき》な顔をして言った。驚いてライナスに目をやれば、いつの間にか女性たちに囲まれていた。

アランは不器用に対応しているライナスを遠目に見て、「そのようだな」と口の端《はし》を片方だ

け上げた。

いずれも独身らしく、ライナスにかなり興味を持ったようだった。彼女たちがアルファの騎士を相手にしても怯《ひる》まないのは、自分たちも同じアルファであり、上位階級に慣れ親しんでいるからだ。

ライナスの胸元に触《ふ》れる華奢《きゃしゃ》な手。愛らしくて甘い笑い声。

表向きは平常どおりでも、心の中は嵐《あらし》のような心持ちだった。

今すぐに彼女たちに言ってやりたい。あの男は今でこそ気高い形《なり》をしているが、アランが命じれば草むしりだって煙突掃除《えんとつそうじ》だってなんだってする、それはそれはアランに従順な騎士なのだと。

そう考え、はたと正気に戻《もど》る。これでは自分のほうがライナスを知っていると主張したがっているようではないか。

女性に囲まれていたライナスが、ようやくアランのもとに戻ってきた。アランは自分が嫉妬《しっと》してしまった事実を受け入れられず、どうしてもライナスの顔を直視できなかった。

「お待たせして申し訳ありません。アラン様の飲み物を取りに行ったら話しかけられまして……」

ライナスの手にあるグラスを一瞥《いちべつ》する。

「いや、構わない。今日ぐらいはお前も好きに楽しめ。踊ってくるといい」

「俺は、踊りませ――」

「そうか、では私が踊る。邪魔《じゃま》をするなよ、ライナス」

これ以上余計な思考を働かせたくない。アランは壁際《かべぎわ》にいる年頃《としごろ》の女性の前に歩み寄った。両足を揃《そろ》え、軽くお辞儀《じぎ》をしてダンスに誘《さそ》うと、彼女はまんざらでもない様子でうなずく。

「見て！　アランよ、アランが踊っているわ！」

「素敵《すてき》だわ！」

黄色い歓声《かんせい》が広間に響《ひび》く。アランは自分に向けられたその声を、女性の手を取って踊りながら聞いていた。

こんなにも自由に踊ったのはいつ以来だろう。長い間、社交の場に出ることもなく、スオ村にこもっていた。音楽に合わせ、体を動かすのはとても気分がいい。もしかしたら、これからもずっとアルファのフリをして生きていけるかもしれない。そうすれば父上だって……。そんな淡《あわ》い期待がアランの心を浮《うわ》つかせていた。

曲が終わると、息を弾《はず》ませた彼女は、メイドが用意したワイングラスに手を伸《の》ばす。アランは一瞬《いっしゅん》ライナスの姿を捜《さが》したが、ダンスを終えた人たちが一斉《いっせい》にフロアにあふれ、すぐには見つかりそうになかった。

「ダンスがお上手ね、アラン。ふふっ、やっぱりあの噂《うわさ》は嘘《うそ》だったのね」

アランは手に取ったワインをこくりと飲み込んだ。

「噂と言うのは……？」

「アランがオメガだって言うのよ？　笑っちゃうわ。あなたはどう見ても、アルファにしか見えないもの。ね？　そうでしょ、アラン。あなたもはっきり言ったほうがいいわよ？　スオ村に引きこもっているのは、ヒートのせいじゃないかって噂する人もいるみたいだもの」

背筋を冷たい何かが伝ったような気がした。今、アランは上手《うま》く笑えているだろうか。無意識にまたライナスの姿を捜そうとした刹那《せつな》、

「失礼。ちょっといいかな？」

ヒル公爵に声をかけられた。

「アラン、散歩に付き合ってくれないか？　悪いが、彼を借りるよ」

「……え、ええ。もちろんですわ、ヒル公爵」

残念そうに彼女が微笑《ほほえ》む。オメガの話題から解放されるなら、散歩だってなんだってする。

アランはほっと胸を撫《な》で下ろし、ヒル公爵と一緒《いっしょ》に中庭へ向かった。


「さあ、こっちだ、アラン」

人影《ひとかげ》のないテラスには、淡い月明かりが差し込んでいる。中央にある噴水《ふんすい》の周辺には、大理石で作られた彫刻《ちょうこく》があった。おそらく古い神話になぞらえているのだろう。

「……素晴らしい庭だ」

アランは思わず感嘆《かんたん》の声をもらした。さすがはヒル公爵邸《こうしゃくてい》の中庭だ。どこもかしこも美しい花々が咲《さ》き乱れ、手入れが行き届いている。

「さぁ、ここへ座って」

アランはヒル公爵に誘われるまま、庭園のベンチに腰《こし》を下ろした。

「……ヒル公爵、先ほどはありがとうございました。助けてくださったんですね」

苦笑いしてアランが言うと、ヒル公爵はおかしそうに肩《かた》を揺《ゆ》らして笑う。

「そんな大層な話じゃない。単純に君と散歩がしたかったんだ。私の庭を見せたくて」

「本当に素敵なお庭です。とても気に入りました」

「君ならそう言うと思ったよ」

ヒル公爵は静かに目を細めた。アランはこれまでヒル公爵に対して疑念を抱《いだ》いてきたことを、とても申し訳なく思った。やはり彼は純粋《じゅんすい》に、アランのことを気にかけてくれていただけなのだ。

「アラン、君が来てくれて、私はうれしいよ」

「いえ、こちらこそ、お招き頂き――」

微笑んだアランの頬《ほお》に、ヒル公爵の手が伸びる。指先で撫でられ、ぐっと体が強張《こわば》った。そのまま流れるように顎《あご》を摑まれて、顔が近づく。アランはとっさにヒル公爵の胸を強く押し返した。

「……何をするんだ、傷ついたぞ」

ヒル公爵は冗談《じょうだん》っぽく笑っていたが、その瞳《ひとみ》には本物の憤《いきどお》りが見え隠《かく》れしていた。

「ご、ご厚意《こうい》には感謝しています。……ですが、私はあなたとそういう関係になるつもりはありません」

「……アラン」

またあの目だ。ねっとりとアランを品定めするようなヒル公爵のまなざし。恐《おそ》ろしくなり、逃《に》げ出そうとしたアランの手首を、ヒル公爵が強く摑む。

「放してください、ヒル公爵」

心の中はかなり乱れていたが、アランは努めて毅然《きぜん》とした態度をとった。ヒル公爵の愛人になるなんて、まっぴらごめんだ。それに今のアランは、恋愛《れんあい》感情自体を持てそうにない。

「混乱しているだけだ、アラン。近いうちに君の考えも変わる」

「……っ！」

乱暴に抱《だ》き寄せられ、ぞわりと鳥肌《とりはだ》が立った。ライナスとは違《ちが》う、どこか加工されたようなアルファの香《かお》りが鼻につく。

「やめてください。でなければ、大声を出します」

断りもなくアランの体を触《さわ》り、勝手に我が物として扱《あつか》われることに、ひどく怒《いか》りを感じていた。

「出してもいいが、私は君のことが心配だ。なにせ、恥《はじ》をかくのは君だからな」

そんなのハッタリだ。けれど、アランはそれ以上声を出せなかった。

「怖《こわ》いことは何もない。ただ素直《すなお》になればいいだけだよ、アラン」

嫌《いや》な記憶《きおく》が脳裏《のうり》をよぎる。思い切り振《ふ》り払《はら》いたいのに、呼吸はますます浅くなり、体中から力が抜《ぬ》けていく。

ヒル公爵の手が、背中を、そして臀部《でんぶ》をまさぐってくる。アルコールの匂《にお》いがする荒《あら》い息が耳元にかかり、アランの喉《のど》がひきつった。

私に触るな。いやだ、触らないでくれ。

思いは声にならず、ひゅうひゅうと情けない息だけが続く。なんて無力なんだろう。あの時からなんにも変わっちゃいない。

ヒル公爵が首を傾《かたむ》け、アランの唇《くちびる》に近づいてくる。アランが強くまぶたを閉じた、その時——。

「アラン様！」

手の拘束《こうそく》が緩《ゆる》まり、とっさにヒル公爵から距離《きょり》をとった。鬼《おに》のような形相で走ってくるライナスの姿を見て、アランは胸が熱くなるのを止められなかった。騎士《きし》として認めないと散々ライナスを罵《ののし》ったくせに、助けに来てくれて心から安堵《あんど》するなんて……。

「……も、申し訳ありませんが、ライナスが呼んでいるようです。失礼します」

小さく頭を下げて踵《きびす》を返すアランに、ヒル公爵は告げる。

「アラン、君のために本日のコース料理を作らせた。ぜひ、楽しんでくれ」

何もなかったように微笑むヒル公爵を見て、アランは背筋が寒くなった。

「……もちろんです」

ふらついて歩くアランの肩を、駆《か》け寄ってきたライナスが支える。

「アラン様、あの男はいったい何を……！」

ライナスの眉間《みけん》に深い皺《しわ》ができている。こんなにもはっきりと感情を露《あら》わにしたライナスの姿を見るのは、アランが右手を怪我《けが》した時以来だ。自分以上に怒《おこ》るライナスを見ているうちに、アランはだんだんと冷静さを取り戻《もど》していった。

「大事にするな、ライナス。相手は私たちより爵位の高い、しかも陛下が懇意《こんい》にしている貴族だ。怒らせたら、面倒《めんどう》なことになる」

「ですが……！」

吐《は》き気がする。肋骨《ろっこつ》の内側で、心臓が狂《くる》ったように鼓動《こどう》している。どれだけこの世を恨《うら》めば、まともな性を、まともな環境《かんきょう》を、まともな人生を得られるのだろう。

「私は何もされていない……いいんだ」

アランは自分自身に言い聞かせるようにそう言い、広間へと戻った。

ライナスの強い視線を感じたが、アランは一切《いっさい》取り合わなかった。あのヒル公爵の口ぶりからするに、途中《とちゅう》で帰ることは許されない。本音を言えば今すぐにでも馬車に乗り、愛するスオ村に帰りたい。だが、そうはいかないことはわかっている。これがアランの人生だ。

大広間には大勢の貴族が集まり、使用人たちは忙《せわ》しなく料理を盛ったトレーを抱《かか》え、テーブルに並べている。

美しい装飾《そうしょく》が施《ほどこ》された壁《かべ》には、歴史のあるタペストリーがかけられていた。高い天井《てんじょう》に真鍮《しんちゅう》製のシャンデリア、それからテーブルに並べられた煌《きら》びやかな食器類と豊富な料理。

貴族たちはヒル公爵の豊かな財力に感嘆の声を上げたが、アランはそのどれにも心を動かされなかった。

席は主催者《しゅさいしゃ》であるヒル公爵が決めたようだ。アランの斜《なな》め前にはヒル公爵がいて、ライナスはアランから一番遠いところに座らされていた。アランを心配しているのか、難しい顔をしてこちらを注視している。

前から決められていた座席なのか、それとも先ほどアランがヒル公爵に逆らったせいで意図的に離《はな》されたのか、アランは考えるのも億劫《おっくう》だった。それよりもいかにこの場を切り抜けるかに集中しなければならない。

キャビアの乗ったブリオッシュ、焼きたてのパンに濃厚《のうこう》なバター。次々と運ばれてくる豪勢《ごうせい》な料理を、アランは笑顔《えがお》で無理やり胃に流し込んだ。

オニオンスープが運ばれてきた時、にわかに辺りが騒《さわ》がしくなった。アランはすぐに声のする方向を見てぎょっとした。

ライナスがまるで犬のように、行儀《ぎょうぎ》悪くクンクンとスープの匂いを嗅《か》いでいたのだ。アランはその場で卒倒《そっとう》しそうになった。

いくらアルファの騎士といえど、公爵が出した料理をあのように疑う真似《まね》をするなんて言語道断だ。このままではライナスが完全にのけ者になってしまう。

アランはなんとかライナスに伝えようとしたが、ライナスの席は遠いし、当の本人はスープを嗅ぐのに夢中になっていた。

「ライナスはいったい何をしている。野良犬《のらいぬ》の真似か？」

おどけるようなヒル公爵の言葉に、貴族たちが冷笑《れいしょう》的な目配せを交《か》わし合う。アランはきつくスプーンを握《にぎ》りしめ、こみ上げる苛立《いらだ》ちを隠そうとした。これまでアラン自身が何度もライナスをばかにしてきたが、他人にそうされるのはなぜか許せない。

「どうやら彼は、私がスープに毒を盛ったと疑っているらしい。身の潔白を証明するために、私が先に頂こう」

ヒル公爵がスープをひとすくい飲む。

「それでは、私も」

隣《となり》に座っている貴族の男性も、おもしろがってスープを飲んだ。アランは一瞬《いっしゅん》まさかと身構えたが、彼らは飲んだ後もけろりとした顔をしていた。それを皮切りに次々と貴族たちがスープを飲んだ。けれど、ライナスだけは仏頂面《ぶっちょうづら》のまま、まだ匂いを嗅いでいる。

「さあ、アラン。君もスープを」

一斉《いっせい》に視線がアランへと向けられる。到底《とうてい》断れる雰囲気《ふんいき》ではなかった。アランがスープを口に含《ふく》むのと、何かを察したライナスがぱっと顔を上げて「飲んではだめだ！」と叫《さけ》んだのはほぼ同時だった。

「ライナス、何を大げさな。ただのスープだ」

ヒル公爵が上品に笑う。戸惑《とまど》いつつも、アランはすでにスープを飲み込んでしまっていた。

その瞬間、異常なくらいドクンと心臓が脈打つ。

アランの手からスプーンがこぼれ落ち、大理石の床《ゆか》に乾《かわ》いた音を立てて転がった。

「はぁ……あっ……、はっ」

なんだこれは。息が苦しい。体が燃えるように熱い。

アランは胸を掻《か》きむしり、椅子《いす》から崩《くず》れ落ちた。会場のどよめき。

「どうしたんだ。大丈夫《だいじょうぶ》かい、アラン」

ヒル公爵がアランの前に膝《ひざ》をつき、心配そうに顔を覗《のぞ》き込んでくる。アランは何も言い返せず、はっはっ、とまるで発情した獣《けもの》のように息を乱し続けた。

汗《あせ》がどっと噴《ふ》き出し、自分の匂いが一気に広間に漂《ただよ》うのを感じる。あの時と一緒《いっしょ》……これは紛《まぎ》れもない、ヒートだ。

どうして。どうして。どうして。

頭が回らない。体に力が入らない。

「なんだ、この香《かお》りは……」

「ま、まさか、オメガの……」

「やはり彼は……」

貴族たちのどよめきが大広間に響《ひび》いた。彼らの視線をまともに受け止めたアランは、じりじりと後ずさる。

ひとり、またひとりと、アランを見る目つきが変わっていく。

アランは彼らの顔が上気していくのを、何もできずに見上げていた。

「……はっ……あぁ」

うまく息ができない。それに、アルファの香りをそこかしこに感じる。このままでは大変なことになると理解しているのに、抑制剤《よくせいざい》に手を伸《の》ばすことも、自分で立ち上がることもできなかった。

「本当に毒は入っていないよ、アラン。……もし君がオメガなら別だが」

ヒル公爵は優《やさ》しく笑っていた。ここにいる全員にオメガだとバレてしまう……そしてライナスにも。アランの目から涙《なみだ》がぽとりと落ちる。

「……なんて官能的な香りだ！」

いきなり何者かが横から覆《おお》い被《かぶ》さってきて、アランは必死になって逃《に》げだそうと手足を動かした。

「……ぃ、や……だ……こ、こっちに……来る、な……！」

隣にいた貴族の男が、アランの首筋に舌を這《は》わせてくる。ほかの貴族たちも、こぞってアランに手を伸ばした。だめだ、みんな正気を失っている。今度こそ犯《おか》されてしまう。

「どけ！　アラン様に近づくな！」

窓ガラスがビリビリと共鳴するような、力強いアルファの声だった。ライナスはアランに群がっている貴族たちを放《ほう》り投げると、驚異《きょうい》的な力でアランを担《かつ》ぎ上げる。

「このまま、馬車までっ、……走り、ます」

苦しそうな息づかいをしているライナスは、きっとほかのアルファと同じようにオメガのフェロモンに当てられているはずだった。なぜそんなにも自制心を保てるのか、なぜそんなにもアランのためにがんばるのか。胸が苦しくなるほどの疑問も、すぐにヒートの熱にかき消されてしまう。

「……くるし、い……。ぁ、つい」

「もう少しです、がんばって、くださいっ……」

朦朧《もうろう》とする意識の中で、ゴードンの声を聞く。

「なっ！　ど、どうしたんです⁉　アラン様、どうしてヒートに……！」

冷たい空気が頰《ほお》にあたり、アランはここが外なのだと理解した。

「すぐに馬車を出して、城に戻《もど》ってください！」

もう自我を保っていられない。ほしい……アレがほしくてたまらない。アランは息苦しさに、胸元《むなもと》の蝶《ちょう》ネクタイをむしり取った。

「ゴードンさん、抑制剤は！」

「ア、アラン様はいつも内ポケットに入れています……！」

ライナスがアランのウエストコートの内側を探《さぐ》る。

「……んっ」

その手に服の上から触《ふ》れられるだけで、アランの理性がはじけ飛びそうになった。こわい。どんどん自分が自分じゃなくなっていく感覚がする。

「ありました！　水は？」

「さ、酒ならある！」

御者《ぎょしゃ》の声、揺《ゆ》れる体。「出してください！」と叫ぶライナスの声。自分が今どこにいるのか、アランにはもうわからなかった。

「薬です、飲んで」

「……こ、わい……いやだ……アルファは……嫌《いや》だ……」

「はやく飲まないと！」

苛立った声が聞こえ、アランはさらに体を縮ませた。アルファはこわい。アルファはいやだ。

「……すみません、アラン様」

ライナスはそう言うと、子供のように震《ふる》えるアランの口を無理やり開けさせた。

柔《やわ》らかで、ややかさついた何かが、アランの唇《くちびる》に触れる。

これはライナスの唇？

うっすらと理解したアランの口の中に、喉《のど》が灼《や》けるようなウィスキーの香りと味がどっと広がる。ライナスが自ら口に含んだ抑制剤をアランの口腔《こうこう》に流し込んだのだ。

「飲み込んで」

鼻を押さえられ、「んぐっ」とむせ返りながら、アランは酒と薬を飲み込んだ。だんだんと気が遠くなってゆく。

『俺のせいだ……俺が守るはずだったのに！』

意識を手放す寸前、泣き出しそうなライナスが、異国の言葉を叫ぶのを聞いたような気がした。

何度も、何度も、犯される悪夢を見た。絶望と快楽の狭間《はざま》で、アランは再び目を開けた。

まず最初に見えたのは小さな天井《てんじょう》だ。アランは馬車の座席に寝《ね》かされていた。体の上にはライナスのコートが掛《か》けられている。

視線を移すと、向かい合った座席に座っているライナスが見えた。彼は両手をぎゅっと握り、何かに祈《いの》るようにうつむいている。

どうやってここまで来たのかは覚えていない。だけど、ライナスに口移しで抑制剤を飲まされたことだけは覚えていた。

「まだ寝ていてください……。急いでもらっていますが、城まであと二時間はかかります」

顔を伏《ふ》せたままライナスは言った。アランはそれが拒絶《きょぜつ》のサインのように思えて、自嘲《じちょう》気味の笑《え》みを浮《う》かべるしかなかった。

「ライナス、お前は私を笑っているんだろう。あれだけお前をばかにしていた男が、実はオメガで……こんなにも無様にヒートを起こしたのだから」

薬が本当に効いているのか疑わしい。体を起こしただけで、全身がひりひりする。馬車の揺れですら、官能を煽《あお》るきっかけとなり、アランは甘い吐息《といき》をこくりと飲み込んだ。

「そんなことはありません」

嘘《うそ》だ。あのヒートによって、貴族たちにアランがオメガだと知れ渡《わた》っただろう。もうアランには失うものは何もない。初めから何か持っていたのかすら疑わしいが。

「晩餐会《ばんさん》で……ヒル公爵《こうしゃく》が出したスープには、隣国《りんごく》――ニアトスの薬草が入っていたと思われます。……命に関《かか》わるものではありませんが、オメガにとっては強く発情を促《うなが》す厄介《やっかい》な毒です。最初にスープの匂《にお》いを嗅《か》いだ時、違和感《いわかん》がありました。でもすぐに何か判別できなくて、薬草だと気づくのに時間がかかってしまいました」

普段《ふだん》は無口な男が、今日はやけに能弁に語っている。わかりやすい手段で、気を紛らわせようとしているに違《ちが》いないとアランは思った。いつからかは知らないが、ライナスはアランがオメガだと勘《かん》づいていた。そうでなければ、アランにスープを飲むなと言わなかったはずだ。

「私を抱《だ》きたいか、ライナス」

率直《そっちょく》に聞いたアランに、ライナスは顔を伏せた状態のまま「いいえ」と答える。

「……お前は嘘をつくのが下手《へた》だな」

ブーツの底で、ライナスの張り詰《つ》めたものをぐいっと刺激《しげき》した。「うっ」と聞いたこともないライナスの唸《うな》り声が耳に届き、アランの腰《こし》が同時に疼《うず》く。

「ここは、もっと正直なようだが」

「アラン様、おやめ、ください。ご自分を……もっと大切にしてください」

「『ご自分を大切に』？　……それは笑えるな、本当に笑える――」

言葉は途中《とちゅう》で途切れる。どうしようもない嗚咽《おえつ》が、アランを襲《おそ》ったからだ。

涙腺《るいせん》が壊《こわ》れてしまったかのように、涙は止めどなく溢《あふ》れてくる。

ライナスははっとしたように顔を上げた。それからすぐに苦しげな表情を浮かべ、唇を強く嚙《か》み締《し》める。

「アラン様を守れなかったのは、俺の落ち度です。本当に申し訳ありません。どんな罰《ばつ》でも受けます」

偽善《ぎぜん》だ。ここまでくると清々《すがすが》しいほどに。

「どうでもいい……すべてが嫌になった。私はお前が大嫌《だいきら》いだ。そして、私自身のことも」

ライナスの頰が上気している。その目は充血《じゅうけつ》し、息も荒《あら》かった。理性を総動員しているのだ。

「もうすぐ着きます。もうすぐ……」

悲哀《ひあい》に満ちたライナスの声。同情されることが、可哀想《かわいそう》だと思われることが、何よりも悲しい。だけれど、これが現実なのだ。アランは生まれながらにオメガだった。

「お前にわかるか、ライナス。みっともない私の体は、お前のココを咥《くわ》え込むことしか考えていない」

アランはライナスの高ぶりに、さらにブーツを押しつけた。ブーツ越《ご》しでも、ドクドクと脈打つ存在をはっきりと感じる。

「……だめ、です」

「どれがだめだ？　これか？」

「……ぅっ！」

反論もせず、身動きひとつしないライナスは、快楽を逃《に》がすように苦渋《くじゅう》の声をもらしている。どこまでも優《やさ》しく誠実な男だ。ライナスの意志の強さに、アランの自尊心はさらに傷つけられた。こんなアルファになりたかった——。

ヒートの熱が冷めない。何度も意識を失いそうになりながら、アランは乱れた息を整えて伝えた。

「いいことを……思いついた。私と最後の賭《か》けをしよう、ライナス」

「……何を言って」

「お前が城につくまでに私に触れなかったら、お前の勝ち。……正式に私の騎士《きし》として認めよう。だが、もしお前が指一本でも私に触れたら、お前はクビだ」

ライナスが驚愕《きょうがく》の表情を浮かべる。

アランの口の端《はし》は、自然と上がっていた。きっとアランは馬車の中で、この男に荒々しく犯《おか》されるのだろう。例外はない。どんなアルファも、みなオメガの性には逆らえない。

どうなっても構わなかった。こんな地獄《じごく》のような人生はいっそのこと壊してしまえばいい。

愛らしい鳥の囀《さえず》りが聞こえる。肌触《はだざわ》りのいいシルクのシーツに、清潔な匂いのする羽毛布団《うもうぶとん》。

ここは、いったいどこだ……。

その瞬間《しゅんかん》アランの意識は素早《すばや》く覚醒《かくせい》し、勢いよく体を起こした。急に動いたせいで目眩《めまい》を感じ、しばし目を閉じる。体が慣れた頃《ころ》、再びゆっくりと目を開けた。いつもの自室が視界に入り、安堵《あんど》の息をもらす。カーテンは閉められていたが、隙間《すきま》から差し込む光の強さから察するに、まだ午前中のようだ。体はだいぶ軽く、もうヒートの高ぶりはない。慎重《しんちょう》にベッドから立ち上がり、アランは目を見張った。

部屋の端《はじ》っこ。それも床《ゆか》に直接、ライナスがでかい図体《ずうたい》を横たえて寝息《ねいき》を立てている。どうしてこの男がここにいるのかはわからない。だが、アランは馬車の中での一部始終を思い出し、かぁっと頬《ほお》が熱くなった。

「あっ、おはようございます、アラン様！　お目覚めになったんですね！　お体は大丈夫《だいじょうぶ》ですか⁉」

ノックと同時に扉《とびら》を開けたゴードンが、気遣《きづか》わしげに部屋の中に入ってくる。

「ゴードン、どうしてこの男が、ここにいるんだ……」

不機嫌《ふきげん》に眉《まゆ》を顰《ひそ》めるアランを怖《こわ》がる様子もなく、ゴードンは屈託《くったく》なく笑ってカーテンを開けた。まばゆい光が、一気に部屋を明るく照らす。

「どうしてって、看病のために決まってるじゃないですか！　アラン様はあの後、丸二日も眠《ねむ》っていらっしゃったんですよ？」

「……そんなに眠っていたのか」

「ええ。その間、ずーっと、ライナス様がおそばにいらっしゃいました。なんだか鬼気迫《ききせま》るものがありましたね。『誰《だれ》にも触らせない』といった感じで」

ゴードンから事の次第《しだい》を聞いたアランは、呆《あき》れずにはいられなかった。この男は二日間、朝も夜も、アランのそばから離《はな》れなかったらしい。

「私もさすがにそれは大変だと思って、ライナス様も寝たほうがよろしいのではと申し上げました。でも、『それはできない』の一点張りでございましたので」

ゴードンが言うには、早朝アランの主治医が診察《しんさつ》し、「もう心配ない」と診断を下してから、ようやくさっき眠りについたらしい。

「百歩譲《ゆず》って……この男が部屋にいるのは仕方がないとしよう。だが、なぜ床で寝ている」

部屋には、大男が寝ても大丈夫なソファがある。これではまるでアランが、またおとぎ話の継母《ままはは》のように虐《いじ》めているみたいではないか。

「ライナス様は『俺がソファにいたら、アラン様が嫌《いや》だろうから』っておっしゃってましたよ？」

どこまでもアランを主体にして考えている。なんてばかな男だ。アランは胸の奥が、ぎゅっと摑《つか》まれたように苦しくなるのを感じた。

「おい、ライナス。起きろ。私の部屋で寝るな。自分の部屋へ行け」

よほど眠いのか、ライナスはいくら声をかけても一向に起きる気配がなかった。気絶したように眠っている。今まで押し込めていた罪悪感がドッと肩《かた》にのしかかり、アランは困惑《こんわく》した。

あの晩、馬車の中で、幾度《いくど》となくこの男の屹立《きつりつ》を足で弄《まさぐ》った。想像するまでもない、惨《みじ》めな思いをたくさんさせただろう。己《おのれ》の感情を出すまいとするライナスの喘《あえ》ぎ声は、とてつもなく色っぽかった。その後、アランは理性を無くし、みっともなくライナスを誘《さそ》った。それでも、この男は……。

「ゴードン、今からこいつを運ぶから手伝え。部屋は隣《となり》の青の間に変更《へんこう》だ」

あそこなら、体のでかいライナスでも悠々《ゆうゆう》と過ごせるだろう。少なくとも今与《あた》えているボロい部屋よりはいい。頭の片隅《かたすみ》でそう考え、床に寝ている男の背中に手を入れると、ゴードンは何やらにこにこと相好を崩《くず》していた。

「おい、なんだ、その顔は……」

「いえ、何も？」

「私は……こいつが床にいると邪魔《じゃま》だから、言っているだけだ！」

「ちょっと落ち着いてください、アラン様。私は何も申しておりません」

「ならば、その意味ありげな微笑《ほほえ》みを今すぐにやめろ！」

「……もうアラン様、もう少し音量を抑《おさ》えてくださいよ。ライナス様が起きます」

「それはっ！　お前がにやにやとしているから！」

ついつい声を張り上げてしまったアランは、慌《あわ》てて口をつぐんだ。

さすがにうるさかったのか、ライナスが「んっ」と声をもらし、ゆっくりとまぶたを開ける。アランはとっさにライナスの体から手を離して立ち上がった。ゴンッ、と勢いよくライナスの頭が床にぶつかる。見るからに痛そうだったが、ライナスは平気な顔で体を起こした。

「アラン様、よかった……目が覚めたんですね。お体は？」

「……問題ない」

いつも以上に返す言葉が無愛想になってしまう。起きてすぐ、アランの体を気遣うライナスの優しさが、どうしてもむずがゆくてたまらなかった。

ライナスは一度立ち上がり、そして膝《ひざ》をついた体勢でアランを見上げた。そのまっすぐな目に、いつかのように気圧《けお》される。

「馬車でのお言葉を覚えていますか？」

アランは観念し、無言でうなずいた。不思議そうに首を傾《かし》げるゴードンは何も知らない。知っているのは、あの夜、馬車の中にいたふたりだけだ。

「約束は、約束だ」

ライナスの前に、自分の手の甲《こう》を差し出す。

「ライナス、お前を私の騎士として認める」

「えっ⁉　アラン様⁉　いったい何事ですか⁉」

慌てるゴードンを無視し、アランはライナスに命じた。

「我が手に口づけよ」

ライナスは目を閉じ、あらゆる神経を注ぐようにそっとアランの手に口づけを落とした。手の甲から伝わる、彼の熱。これで正式にライナスは、騎士としてアランに忠誠を誓《ちか》ったことになる。

「ありがとうございます、アラン様」

この男の勝ちだ。

そう……あの馬車の中で、ライナスはアランに指一本触《ふ》れなかったのだから。


「今からヤナギの木の視察だ。ライナス、ついてこい」

アランは、庭で剣《けん》の素《す》振りをしていたライナスに命じた。剣をさっと鞘《さや》にしまい、「はい」と男が短い返事をする。

ライナスが正式にアランの騎士となり、二日がたった。幸いなことに薬草の後遺症《こういしょう》も残らず、表面的には平和な日常を取り戻《もど》していた。

しかし、ヒル公爵《こうしゃく》の好意を無下にしたことで、彼の怒《いか》りを買ったのは明らかだ。いったいなぜヒル公爵が自分に執着《しゅうちゃく》するのか、未《いま》だに疑問が残っている。アランは貴族の息子《むすこ》だが、美しい容姿を除けば、ほかのアルファのように卓越《たくえつ》した能力もないし、誰もが羨《うらや》むような財力もない。

むしろ彼ほどの力を持った公爵であれば、いくらでも美しい男を買えるだろう。その気になれば、オメガの奴隷《どれい》ですら手に入れられるはずだ。アランは彼の目が、いつも自分を通して、他の何かを見据《みす》えているような気がしてならなかった。

ゴードンは、ドミニクへ連絡《れんらく》をするべきだと主張したが、アランはそうしなかった。ドミニクに助けを求めることはできない。これ以上、アランがとんでもない弱虫で無能な人間だと思われたくなかった。

次にヒル公爵がどう出てくるかわからないが、領地の管理はいつもどおり行うと決めた。寄宿舎での事件の後、アランは王都から逃《に》げ出し、一年間城から出られなくなった。あの時と何が違《ちが》うのかと問われたら、それは……。

「アラン様、この辺りですか？」

ライナスの声にどきりとする。考え事をしていたアランは、慌てて手綱《たづな》を引き、馬を急停止させた。いつのまにか森を抜《ぬ》けていたようだ。驚《おどろ》いた馬が大きくいななきながら、前足を上げる。危《あや》うくバランスを崩して落馬しそうになったが、素早く馬から降りたライナスがアランの体を支えてくれた。

「大丈夫ですか、アラン様」

「……すまない。助かった」

アランは軽く礼を言って微笑み、ライナスの手を借りて馬から降りる。ふと視線を上げると、ライナスは変な風に口を歪《ゆが》ませていた。

「なんだ、その顔は」

「いえ、……なんでもありません」

相変わらず、この男の考えていることはわからない。けれど、騎士《きし》としての忠誠は信頼《しんらい》できる……ような気がする。

「これがヤナギの木ですか……？」

「ああ、そうだ。我が村の名産、手作りのカゴの材料だ」

改めてふたりは、目の前に広がる広大な圃場《ほじょう》を見つめた。

アランが「でかいだろう？」と目を細めると、ライナスは自分の背の二倍以上はあるヤナギを見つめ、「……でかいですね」とつぶやく。

「これは挿《さ》し木をしてから三年目のヤナギだ。これから刈《か》り入れに入る」

「……挿し木というのは？」

「ヤナギの茎《くき》を地面に直接挿すことだ。ヤナギはスオ村のような寒冷地でも成長が早いからな。短伐《たんばつ》期で繰《く》り返し収穫《しゅうかく》可能だ。雑草さえ気をつければ、ぐんぐんと——」

「アラン様ー！」

会話の途中《とちゅう》で、アランを呼ぶ声が聞こえた。ふたりが一斉《いっせい》に振《ふ》り向くと、古い荷馬車から降りたスミス夫妻――サイモンとチェルシーが、アランに向かって手を振っている。

「あなたたちは……」

ライナスがふたりを見て、少しだけ驚いたように目を見開いた。

「あら！」

「おお、アルファの騎士様じゃないですかぁ！」

ふたりも声を上げ、ライナスを見て嬉《うれ》しそうな笑《え》みを浮《う》かべていた。「は？」と眉根《まゆね》を寄せるアランの隣で、ライナスは淡々《たんたん》と彼らに問う。

「馬車の具合は大丈夫《だいじょうぶ》ですか？」

「ええ、そりゃあもう！　あの時は本当にありがとうございました！」

話が読めない。いったいどうして彼らが知り合いなのか。ライナスが城に来てから、村人と交流する時間はなかったはずだ。休む暇《ひま》も無く仕事を与え続けたのだから。

「いやぁ、それにしても驚いた！　まだ逃《に》げ出してなかったんですね！」

「あんたったら！　アラン様の前よ！　も、申し訳ありません、アラン様！」

アランのアルファ嫌《ぎら》いは、村人にもよく知れ渡《わた》っているらしい。アランは引きつった笑みを浮かべ彼らに言った。

「そんなことはどうでもいい。それより、どうしてお前たちが知り合いなのか、ちゃんと私に説明しろ」

「どうぞ、アラン様、ライナス様」

アランはサイモンのおばあさん――エマからお茶を受け取った。一口飲んで、

「ありがとう。ほっとする味だ」

と感想を告げた後、すぐさま隣《となり》のテーブルに座っているライナスを睨《にら》みつける。

「荷馬車を助けたのなら、最初からそう言え！」

「……すみません。でも、アラン様に答えるなと言われましたので」

「今さら私のせいにするな！」

アランたちは刈り入れの視察をした後、スミス家に招待された。以前、ライナスがスミス夫妻の荷馬車のトラブルを助けていたことを聞いたアランは、またひとつ負けた気がした。この男は自分の功績をちっともひけらかさない。それに対してアランは、ライナスが初めて城に来た時、

――最初に聞くが、お前は泥《どろ》遊びが趣味《しゅみ》なのか？

そんなばかみたいな嫌《いや》みを投げかけてしまったのだ。

もしライナスが泥だらけになるのも厭《いと》わず、村人を助けられる人間だとわかっていたならば、ちょっとは態度が軟化《なんか》した……かもしれない。少なくとも村人を助けてもらった礼ぐらいは伝

えたはずだ。

「おふたりは仲がよろしいんですねぇ。アラン様にようやく信頼できる騎士様がついて、本当によかったわぁ」

にこにことエマが言う。どこをどう見たらこれが仲のいい状態に思えるのか。アランはエマの両肩《りょうかた》を摑《つか》んで問い詰《つ》めたかったが、彼女のくしゃくしゃな笑顔に毒気を抜かれてしまった。

「そうだわ、アラン様。いつものをやってくれませんかねぇ」

「ちょっと、エマばあさん！　アラン様のご負担になるでしょう！」

チェルシーは血相を変えていたが、アランは笑って「構わないさ」と手を伸《の》ばした。

「エマばあさん。さぁ、手を貸して」

年齢《ねんれい》を重ね、いくつもたこのできた彼女の手を、アランはじっくりと揉《も》んだ。こうして彼女の手を揉んでやるのが、毎年恒例《こうれい》になっている。隣でそれを見ていたライナスは、驚いたような視線をアランへ寄越《よこ》した。

「脚《あし》が悪くなってしまってねぇ。今年の刈り入れは手伝えそうにないんですよ、ごめんなさいね、アラン様」

「大丈夫だ。村から応援《おうえん》を送ろう。エマばあさんのカゴは世界一だからな。今年もとびっきり丈夫なカゴを頼《たの》む」

「はい、アラン様」

エマは嬉しそうににっこりと笑う。

「よかったね、ばあちゃん。アラン様にそう言って頂けたら、百人力だもの」

アランは微笑《ほほえ》みながらも、心には黒い影《かげ》が広がっていった。

狭《せま》い世界だ。いずれアランがオメガだという噂《うわさ》も、村全体に広まるだろう。そして、城の者たちにも……。

今は慕《した》ってくれている彼らも、アランがオメガだと知ったら、きっと大いに落胆《らくたん》するはずだ。いつまで隠《かく》し通していられるだろう。アランは彼らが真実を知るその時が来るのが、怖《こわ》くてたまらなかった。


彼らのおもてなしを受け、一時間ほど談笑《だんしょう》した。

サイモンは何も知らないライナスに、カゴ作りのことを得意げに語った。

ヤナギの長さや太さごとに枝を選別する作業。それから外皮を剝《は》ぎ取り、乾燥《かんそう》させる作業。そうして数ヶ月後にようやく編む段階へ進むのだと知り、ライナスはしきりに感心しているようだった。見た目としては、相変わらずの無表情だったが。

カゴ作りのことを熱心に聞き入るライナスの横顔は精悍《せいかん》だった。アランが少しだけ見とれてしまうくらいに。

「しまった、長く喋《しゃべ》りすぎたようで！　そろそろ雨が降りそうですぜ！　おふたりとも気を付けて帰ってくださいよ！」

サイモンが帰り際《ぎわ》に言ったとおり、アランたちが馬をしばらく走らせた頃《ころ》、空がごろごろと鳴り出した。頬《ほお》に当たる雨粒《あまつぶ》は次第《しだい》に大きくなり、あっという間に激しい雷雨《らいう》に見舞《みま》われる。

「すごい雨だな！」

「アラン様、こちらへ！」

互《たが》いに声を張り上げ、横殴《よこなぐ》りの雨と風に追われながら馬を走らせる。雨宿りできそうな洞窟《どうくつ》をライナスが見つけた時には、二人ともびっしょりと濡《ぬ》れていた。

「しばらく帰れそうにないな……。ここで雨を凌《しの》ぐしかない」

雨があたらないところに馬を繋《つな》いだ後、アランは濡れたコートを脱《ぬ》ぎ、ため息をつく。城へ戻る途中に落雷に遭《あ》って死ぬよりも、ここで足止めされたほうがマシなのは明らかだ。

絶え間ない雷鳴、鼻を刺《さ》す雨の匂《にお》い。

不本意だが、こんなところでライナスとふたりきりになってしまった。さっきまでは普通《ふつう》に接していられたのに、なぜか妙《みょう》に意識してしまい、アランは男の横顔をちらりと盗《ぬす》み見る。

ライナスは髪《かみ》から滴《したた》る水を、まるで犬のように首を振って飛ばしていた。

本当に変な男だ。馬車であれだけのことがあったにも拘《かか》わらず、いつも自然体でアランに対する態度を変えない。こちらがどれほど虐《いじ》めても、アランがオメガであることがわかっても、ライナスの信念は揺《ゆ》らがず、そして動じない。むしろ、アランばかりが影響《えいきょう》され、心を乱されている。

本当に自分より年下なのだろうか。アランが疑いの目を向けていると、何を勘違《かんちが》いしたのか、ライナスはコートの下に着ていた軍服を無言でアランの肩に乗せた。

「これは濡れていません。着てください」

「……いらない。お前が着ていろ」

「でも、ここは冷えます」

「……だったらなおさらお前が着ればいい」

頑《かたく》なに拒《きょ》否《ひ》するアランに、ライナスはぐっと眉間《みけん》に力を入れて反論してくる。

「あなたを守ることが俺の役目です」

「それは、私がオメガだからか？」

濡れた拳《こぶし》を強く握《にぎ》る。もしこの場所にライナスがドミニクとふたりきりだったら、はたして今と同じように軍服を差し出しただろうか？　強い視線を投げても、この男はアランから目を背《そむ》けない。

「違います」

「じゃあ、なんだ」

「アルファもオメガも、ベータも、俺にとってただの記号です。あなたを守りたいのは、……

俺は元から頑丈《がんじょう》ですし、その……」

ライナスの言葉は、次第に尻《しり》つぼみになって消えていく。

「すみません。うまく言えません」

「大丈夫だ。お前がうまく話せたことなど、出会ってから一度もないだろう」

アランは皮肉を言ったが、その時はまだライナスを責めるような気持ちではなかった。むしろ、楽しむ余裕《よゆう》すらあったかもしれない。

「ただの記号とはな……面白《おもしろ》い発想だな、ライナス」

「俺は……アルファだからとか、オメガだからとか、表面的なことではなく、その人の内面にあるもので判断したいと思っています」

空に稲妻《いなずま》が走り、ライナスの黒い瞳《ひとみ》を一瞬《いっしゅん》だけ照らす。その後、地面まで轟《とどろ》くような激しい音が辺りに鳴り響《ひび》いた。おそらくどこかに落雷したのだろう。

心がじわじわと怒《いか》りの感情で浸食《しんしょく》されていく。アランの苛立《いらだ》ちに気づかない無神経な男は、真剣《しんけん》な顔で言葉を続けた。

「アラン様がオメガであることも、隠す必要はないと思っています。あなたはそのままで完璧《かんぺき》な存在です」

完璧な存在。このオメガである私が。

「出過ぎたことを言うようですが……もしかすると、アラン様自身がオメガの性を下に見ているのでは――」

そこでライナスの言葉はぷつりと途切《とぎ》れた。なぜなら、アランが男の頬を平手打ちしたからだ。ライナスの言葉はどこまでも率直《そっちょく》だった。アランの心臓を一突《ひとつ》きで死に至らしめるくらいに。

「痛かったか？」

「……いいえ」

やはり素直《すなお》な男だ。アランの生ぬるい攻撃《こうげき》など避《よ》けられただろうに、ライナスはわざと避けなかった。そういう所がいちいちアランの心を苛立たせているのを、この男はわかっていない。

「貴重な意見をありがとう、ライナス。だが、知っているか？　それはお前がアルファだから言える言葉だ」

心臓から血が流れているのを感じる。男の赤くなった頬を伝い、顎先《あごさき》からぽとりと雫《しずく》が落ちた。

痛いところを突かれたのだろう？　と、心の中にいるもう一人の自分が笑って問いかけてくる。アランは心の中で答えた。そうだ、痛いところを突かれた。もっとも突かれたくない男に。

「ああ、ライナス。誰《だれ》よりも優《やさ》しく、誰よりも公平な目を持つ私の騎士《きし》に問うが――」

内面、この男は内面と言った。

本当にそうか？　誰にも見えやしないだろう、アランの内側に流れる呪《のろ》われた真っ赤なオメガの血は。

「お前は地獄《じごく》のようなヒートを経験したことがあるか？　誰かにオメガだと指を差され、蔑《さげす》まれたことは？　自意識とは裏腹に、男の一物を咥《くわ》えたいと、涎《よだれ》を垂らして懇願《こんがん》したことは？」

アランの怒りに共鳴するかのように、暗い空が耳をつんざくような音を轟かせて機嫌《きげん》悪く鳴っている。またどこかで雷《かみなり》が落ちた。

「いつヒートがくるか怯《おび》え、ひるみ、恐怖《きょうふ》に支配された日常を送ったことがあるのか？」

ライナスは逃《に》げずに答える。

「……ありません」

たったの一度も。そう付け足して。

また雷が落ち、強い閃光《せんこう》のまぶしさに、アランは目を細めた。

「そうだろうな」

私だけだ。この苦しみは私だけのものだ。

強烈《きょうれつ》な怒りも通り過ぎてしまえば、むなしい疲《つか》れが残るばかりだ。ライナスはまだ何か言いたそうにしていたが、アランはそうさせなかった。

「謝るな。私もお前を殴《なぐ》ったことは謝らない」

雨脚《あまあし》はますます強くなり、雷鳴はうるさく鳴り響く。アランは草木を打つ大きな雨粒を、疲れ切った気持ちでじっと見つめていた。

たった今、不毛な会話を続けて、ひとつわかったことがある。アランは、この男の忠誠に返せるものなど、何も持っていない。

そうして、どれだけ雨を見つめていただろうか、

「アラン様、こちらへ」

ライナスが軍服を地面に広げ、アランを呼んだ。いつの間にか用意された小さなたき火が、パチパチと音を立てて燃えている。濡れた服に体温を奪《うば》われ、これ以上意地を張るのも面倒《めんどう》だった。アランは言われるまま男の服の上に腰《こし》を下ろした。

「お前も座れ」

立ち尽《つ》くしたままのライナスに、隣《となり》に座るように命じる。ライナスは少しの間逡巡《しゅんじゅん》していたが、小さくうなずいてアランの隣に座り込んだ。肩が触《ふ》れ合いそうな距離《きょり》にライナスがいる。

アランは暖かな火に手をやり、冷えた指先を温めた。

「昔……」

アランが口を開くと、ライナスは応《こた》えるようにそっと顔をこちらに向けた。

どうしてその話をライナスに話そうと思ったのか、明確な理由は言えない。もしかするとアランは、ライナスに知って欲しくなったのかもしれない。オメガとして生まれた己《おのれ》のことを。

「昔、あの晩餐会《ばんさん》の日のようにヒートが起こり、アルファに襲《おそ》われかけた。私が十六歳の時だ」

王都の寄宿舎で暮らしていたアランは、同じ年頃のアルファの貴族たちと、毎日勉学や剣技《けんぎ》の習得に夢中になっていた。あの頃《ころ》は自分がアルファだと疑いもしなかった。おそらく、父親のドミニクもそうだっただろう。

その日、アランは剣の大会で念願の優勝を果たした。誰もがアランを祝福していた夕食時、初めてのヒートがアランを襲ったのだ。

「ヒートが起こってからはひどい状態だった。……アルファが何人も覆《おお》い被《かぶ》さってきて……」

言葉にするだけで、膝《ひざ》が震《ふる》える。ヒートの際に刻まれた光景は、今も悪夢となってアランを縛《しば》り付けている。

「襲われかけただけで、実際犯《おか》されなかったのは、不幸中の幸いだな」

気づけば、アランは家で寝《ね》かされていた。

「私はよく覚えていないが……ヒートの影響を受けないベータの教師たちが、助けに来てくれたらしい。そうでなければ、もっとひどい状態になっていただろう」

アランが苦々しい笑《え》みを浮《う》かべると、ライナスはまるで自分の心臓が痛むかのように強くまぶたを閉じた。

「そうだったんですか……」

「ああ……それで……まぁ、私はそのようにしてオメガだと判明し、学校を退学になった」

「どうしてアラン様が退学に？」

ライナスの声に、はっきりと怒りの感情が混じる。

「オメガを保護するより、アルファを保護したほうが理に適《かな》う。それに私も、一刻も早く王都から逃げ出したかった」

父ドミニクは、アランが襲われかけたことに怒り、悲しんだ。あの頃のアランは心神を喪失《そうしつ》していて、記憶《きおく》は曖昧《あいまい》だ。そこからすぐにスオ村に逃げ、城に閉じこもり、一年たってようやく外の世界に出られるようになった。だが――。

「ベータだけでは城を守りきれないと、父上はお前のようなアルファの騎士を何人も寄越《よこ》した。残念ながら、あの事件以来アルファ嫌《ぎら》いになってしまった私は、彼らを心から信用できなかった」

アルファの騎士たちの中には、誠実であろうとする者もいたが、そうでない者もいた。襲われそうになったことも数回ある。アランはそうなるたびに失望した。アルファたちから身を守るためにオメガであることをひた隠《かく》しにし、やれることはすべてやった。たとえそれが非人道的なやり方であったとしても。

黙《だま》って話を聞いていたライナスが、

「……俺に話してくれて、ありがとうございます。きっと、言葉にするのさえ、辛《つら》いことだったと思います」

そう言ってアランに顔を向けた。

「俺たちはあなたを深く傷つけてきました。おそらく両手では足りないくらい、多くの瞬間《しゅんかん》をもって」

まさか、そんな。アランは危《あや》うく自分の心臓を見つめてしまうところだった。ライナスには、ここから流れるオメガの血が見えているのではないかと。

「それでも俺は……あなたに信じてもらいたいんです」

アランはじっと見据《みす》えてくるライナスを見つめ返した。赤い炎《ほのお》の光に照らされた、毅然《きぜん》と冴《さ》え冴《ざ》えした姿がそこにある。

この男には何も返せない。だけれど、アランの体を包み込む深い忠誠心を、けっしていらないとは言えない。見つめ合うふたりの間に、何かが生まれ始めていた。だが、アランはそれを認めるわけにはいかなかった。

「どうやら私は余計なことを喋《しゃべ》りすぎたな。……今度はお前の番だ、ライナス」

ライナスの熱い視線から目を逸《そ》らし、再びたき火を見やる。

「何も面白《おもしろ》い話はありません」

「本当にお前は自らを語らないな。荷馬車の件もそうだ。私の騎士になったのに、何も教えないつもりか？」

「……聞いても、変わらない態度でいてくれますか？」

心配そうに眉尻《まゆじり》を下げ、ライナスは言う。アランは彼の言葉の矛盾《むじゅん》を指摘《してき》せずにはいられなかった。

「私に『オメガを隠すな』と言った男の言葉とは思えない」

「そういう類《たぐい》の話ではないんです。あなたは優しいから、きっと俺への態度を変えます」

まったくこの男は……。自分を平手打ちした相手を、堂々と優しいと言い放つ。アランは言い知れぬ歯がゆさに襲われながら、ライナスへ言い募《つの》った。

「もうわかったから、とにかく話してみろ！」

アランは話し下手《べた》な男が口を開くのを、根気強く待った。しばらくして、ライナスが意を決したように前を向く。

「俺は、隣国《りんごく》の生まれです」

「隣国……？　ニアトスが故郷なのか？」

だからライナスは、アランを苦しめたあのニアトスの薬草の匂《にお》いを嗅《か》ぎ分けられたのだ。アランが怪我《けが》をした時、ヒル公爵《こうしゃく》の城でヒートを起こした時。二回ほど聞いた異国の言葉も、おそらくニアトスのものだったのだろう。

「故郷と呼べるほど、愛着はありません。ニアトスにいた時はとても劣悪《れつあく》な環境《かんきょう》で生きていましたから」

思いも寄らないライナスの言葉を聞き、アランが放心している間に、ライナスは訥々《とつとつ》と劣悪な環境について詳《くわ》しく語った。それは想像を絶する彼の過去だった。

ライナスは孤児《こじ》だった。物心がついた頃には、毎日食べるものもろくになく、家もなく、常に死と隣《とな》り合わせだった。アランの父であるドミニクに国境近くで拾われるまで、とてもひどい生活をしていたようだ。

「ドミニク様に拾って頂いたのは十歳の時です」

「父上がお前を……？」

「はい。……彼に拾ってもらうまでは、あなたが思いもしないような罪を、たくさん重ねていました」

アランが王都を逃《に》げ出してから数ヶ月後、ライナスはドミニクに拾われ、騎士《きし》団の小間使いとして雇《やと》われた。何も知らされていなかったアランの胸がズキズキと痛む。

「言葉を覚えるのは大変でしたが、ニアトスに比べて、この国は……アニアーナはまさに天国でした」

たった十歳のライナスは、ニアトスを捨て、アランの母国であるアニアーナで生きる決意をした。

その後、十四歳の時、バース検査でアルファだと判明し、騎士団で剣を持たせてもらえるようになった。ライナスは何も言わなかったが、国も文化も言語も違《ちが》う騎士団の中で、血の滲《にじ》むような努力を重ねてきたであろうことは、アランにも容易に想像できる。

ドミニクもさぞや誇《ほこ》らしかったことだろう。息子《むすこ》のように思っていたのかもしれない。アランのような堕落《だらく》したオメガではなく、努力を重ね、成り上がっていく力強いライナスのことを。

「今日食べるものがある。明日も食べるものを心配しないでいい。そんな夢みたいな生活ができているのは、ドミニク様のおかげです。俺は……ドミニク様に少しでも多く恩を返したいと願い生きてきました。ですが、今は……」

ライナスはその先を言おうとしていたが、アランは動揺《どうよう》を隠せずに瞳《ひとみ》を揺《ゆ》らした。とっさに立ち上がり、ライナスから一歩距離《きょり》をとる。

——……俺は、食べていければ十分です。ほかに望むものはありません。

そうだ、以前、ライナスは言っていた。それなのに、あの時のアランは彼になんと言った？

——望むまでもなく、今まで多くのものを手にしてきたのだろう？　甘やかされて育ったアルファらしい言葉だ。

なんの想像もせず、知ろうともしなかった。この男の苦労も、悲しみも。まるで自分だけがこの世で一番不幸だといわんばかりに。

「……ど、どうして早く言わないんだ！　私はそんなことも知らずに、お前になんて態度を……」

自分のおろかさに、頭を殴《なぐ》られたような気分だった。口の端《はし》が震えて、言葉がうまく出てこない。

「だから言ったでしょう！　こうなるのが嫌《いや》だったんです！」

ライナスには珍《めずら》しく声を荒《あら》らげ、アランの手首を乱暴に引っ張った。

「あなたが優《やさ》しいのは知っています。……でも、俺から、離《はな》れていかないでください。お願いです」

強制的にライナスの隣《となり》に再び座らされたアランは、かぁっと頰《ほお》を赤らめる。ライナスの大きな手のひらから、燃えるような熱が直に素肌《すはだ》へ伝わってきた。

「わ、私のどこが優しいんだ！　お前は私にやられたことを忘れたのか！　ロクな寝床《ねどこ》も与《あた》えず、冬の湖に飛び込ませ、しなくてもいい雑用を押しつけた！　それこそ私のほうが多く、散々お前を傷つけてきた！　挙げ句の果てには、あの夜、ブーツで……お前のことを……陥《おとし》れて……」

アランはしどろもどろになりながら、馬車の中で苦渋《くじゅう》の表情を浮《う》かべていたライナスを思い浮かべた。ブーツ越《ご》しに感じた、ライナスの硬《かた》い屹立《きつりつ》の感触《かんしょく》。男らしい息づかい。波のような羞恥《しゅうち》が、あとからあとからアランを襲《おそ》ってくる。

「別に、俺はなんとも思っていません。あの夜もあなたには一切《いっさい》非はなかった。むしろ俺は、あなたがとても美しくて、可憐《かれん》で……何度も手を出しそうに……い、いや、そんなことはいいんです！　とにかく、気にしないでください！」

「な、何を言ってるんだ、お前は……」

目の奥がジンジンと痛む。

『あなたがさっき言ったんだ……！　俺は謝らない！　だから、あなたも謝らなくていい！』

ライナスはもどかしそうに何かを叫《さけ》んだ。アランにはそれが聞き取れなかったので、おそらく彼の母国ニアトスの言葉だ。興奮を抑《おさ》えるように、ライナスが深く息を吐《は》く。

「俺はこの数ヶ月、あなたを見てきました。あなたは……誰《だれ》よりも優しくて、俺にとって……特別です」

今度はアランにも聞き取れるアニアーナの言葉だったが、意味は理解できなかった。ぽかんと口を開ける。長い間、互《たが》いの視線が交わった。ライナスの首から頬にかけて、みるみるうちに赤くなってゆく。

「そこに、いてください」

そう言い残すと、ライナスは素早《すばや》く立ち上がり、外に出て行ってしまった。

この雨の中、一体どこへ行ったのか。急にひとりきりにされたアランは、さっきライナスが言っていた言葉を頭の中で何度も反芻《はんすう》した。

――あなたは、誰よりも優しくて、俺にとって、特別。

面白がった騎士団の誰かが、ライナスに間違《まちが》った言葉を教えたに違いない。蔑《さげす》む言葉、あるいは呪《のろ》いの言葉として。一瞬《いっしゅん》、そう思ったが、アランは考え直した。あの男の紡《つむ》ぐ言葉に、いつもまがい物は混じらない。本物だけしか。

胸の奥が絞《しぼ》られるように痛い、かと思えば、空っぽだった器《うつわ》が満たされていくような妙《みょう》な安らぎがあった。この気持ちはなんだ。こんな……こんな……。

「アラン様」

洞窟《どうくつ》に戻《もど》ってきたライナスは、雨と草の匂いも一緒《いっしょ》に連れてきた。

「よかったら食べてください。こっちは香《かお》りが清々《すがすが》しくておいしい野草で、こっちは種がない甘い木の実です」

彼の両手にあるものをじっと見つめる。普段《ふだん》のアランだったら、野草も木の実も鼻で笑っていたはずだった。だが、今は決してできない。

「あなたの口には合わないでしょうが……。それでも、空腹は、一番に心を蝕《むしば》むので」

幼かったライナスが経験したであろう、空腹のひもじさを思い、アランの胸はさらに痛んだ。

「……お前は、私が出会ってきたどのアルファとも違う」

独り言のようにアランの口からこぼれた。ライナスは何も言わず、静かにアランへと視線を合わせている。時に自分が雨に濡《ぬ》れようと他人の空腹を思いやり、時に泥《どろ》だらけになろうとも名も知らぬ村人を助ける。

――あなたは、誰よりも優しくて、俺にとって、特別。

なんてことだ。それはアランからライナスへ贈《おく》るべき言葉だった。もちろんアランにはそれを素直に贈ることなんて、到底《とうてい》できるわけもないが。

アランは泣きそうになりながら、ライナスの手にのっている赤い木の実を摘《つま》んだ。何年もこの村で過ごしたが、これを食べるのは初めてだ。口に入れた果実を、ゆっくりと歯で噛《か》み潰《つぶ》す。

「本当だ、甘いな」

熟した実の皮は薄《うす》く、とても甘くてとろみがあった。食べた後、若干《じゃっかん》の苦みが残るが、アランは嫌《きら》いではない。

安堵《あんど》したように「よかった」とライナスが口の端を上げる。

それからアランは野草にも手を伸《の》ばした。少しの勇気が必要だったが、アランは果敢《かかん》に野草を奥歯ですり潰して、なるべく彼の誠意に応《こた》えるよう味わって食べた。

「……うまい」

口の中がスースーする。涙目《なみだめ》になりながらようやく飲み込み、微笑《ほほえ》んでみせる。

「どうか正直に言ってください」

ライナスは真顔で言った。けれど、その瞳の奥には、どこかいたずらめいた光が宿っているように思える。

「さて、ライナス……お前はどの程度の正直さをご希望だろうか」

目の前の男がにやりと笑う。

「嘘偽《うそいつわ》りのないものを、あなたらしい言葉で」

「……そうか」

　アランは先ほどの濃厚《のうこう》な草の味を頭に思い描《えが》いて言った。

「今まで食べてきたものの中で一番まずい」

沈黙《ちんもく》の後。

「ふはっ」

　ライナスは堪《こら》えきれない様子だった。

「そうだろうと思いました」

　体中からおかしさがあふれるように、目を細め、声を上げて笑っている。アランも笑った。

こんな些細《ささい》なことが、おかしくて、おかしくて、しょうがなかった。

　未《いま》だに笑いっぱなしのライナスは、こんもりとある野草と木の実を軍服の上に置き、アランの隣に座る。

「あなたがちゃんと笑ったのを初めて見ました」

「それはお前もだろう」

　まるでよく晴れた夏の青空のように、からりと笑う男だとは知らなかった。ひとしきり笑い合った後、ライナスが静かにアランへ尋《たず》ねてくる。

「寒くは、ないですか？」

　アランは迷った。けれど、最後にはいつもは選ばないであろう言葉を摑《つか》み取った。

「そうだな、……寒い、かもしれない」

ライナスが少しだけ目を見張る。

「……でしたら、あなたに触《ふ》れても、構いませんか？」

薄氷《はくひょう》を踏《ふ》むかのごとく慎重《しんちょう》な物言いだった。アランはそれにどこか言い訳めいた言葉を返す。

「……ああ。構わない。寒いのは……苦手だから」

ライナスの手が、アランの肩《かた》をやわく抱《だ》き寄せた。その手が優しすぎて、アランはまたもや泣きそうになった。

何食わぬ顔をして、わざと乱暴にライナスの胸にもたれ掛《か》かる。ふたりで寄り添《そ》えば暖かい。それ以上、この抱擁《ほうよう》にどんな意味があるだろうか。

アランを抱き寄せている手に、だんだんと力が加わる。それが心地《ここち》よくて、アランはさらに深くライナスのもとへと沈《しず》み込んだ。

ライナスは火を見ていた。そしてアランも。

数ヶ月前の自分がこの光景を見たら、おぞましい罵詈《ばり》雑言《ぞうごん》を延々と発していただろう。アラン自身、想像もつかなかった。こんな風に誰かに……アルファの騎士《きし》に体を預けるなんて。

もう夜だ。

外はまだ雷鳴《らいめい》が鳴り響《ひび》いていたが、ライナスの胸に抱かれ、アランはとてもゆったりとした気持ちになった。まるで繭《まゆ》に保護された蛹《さなぎ》のように。ここは暖かくて、とても居心地がいい。

火は消えていた。洞窟の入り口から覗《のぞ》く空は、昨日の雷雨が嘘《うそ》のように晴れ渡《わた》っている。

昨夜、アランはライナスに一晩中守られながら眠《ねむ》りについた。

少しだけ身じろぎ、アランを抱きしめている男に視線を投げる。まるで無防備な寝顔《ねがお》だった。かすかに開かれた唇《くちびる》、あどけない目元。出会った当初から大人びていたが、こうしてみると十九歳の青年に見える。

雨は止《や》んだ。一刻も早く、ここを去るべきだろう。さっさと身支度《みじたく》を整えて、何もなかったように。

けれど、アランは自分の背中を支えている張りのある胸板《むないた》から、逃《のが》れることができなかった。あと少しだけ、こうして目を閉じていたい。そんな強い衝動《しょうどう》に心を揺《ゆ》さぶられる。

アランは自嘲《じちょう》気味に笑い、すべての誘惑《ゆうわく》を断《た》ち切るようにライナスの腕《うで》からそろりと抜《ぬ》け出した。

たき火の近くに置いたコートは、すっかり乾《かわ》いている。繋《つな》いでいた二頭の馬も問題ない。

「ライナス、起き……」

まだ寝ている男を起こすために振《ふ》り向いたアランは、こちらをじっと見つめているライナスに気づき、少しだけたじろいだ。

「おはようございます、アラン様」

「……ああ、おはよう。さっさと帰るぞ。風呂《ふろ》に入りたい」

「はい」

素早く立ち上がったライナスが、アランの手からコートを奪《うば》い、肩のあたりで広げる。嗅《か》ぎ慣れたライナスの香りが、すぐ近くにあった。先ほどまで胸にあった安らぎとは違《ちが》った緊張感《きんちょうかん》。まるで昨夜の出来事は幻《まぼろし》のようだ。

二頭の馬は、降り続いた雨によってぬかるんだ道を難なく越《こ》え、スオ村で一番大きな湖に辿《たど》り着いた。馴染《なじ》みのピンク色の城壁《じょうへき》が見えてきて、アランは胸をなで下ろす。

城へと続く橋を渡った時、ゴードンが庭で多くの家人を引き連れているのが見えた。何を話し込んでいるのか、まだこちらに気づいていない。

「ゴードン、どうした！」

アランが叫《さけ》ぶと、ゴードンたちはこちらを見るなり、ぎょっとして目を見開いた。

「ア、アラン様!? よかったぁ……！ 今から捜《さが》しに行こうとしていたところですよぉ！」

泣きべそをかいた執事《しつじ》を笑い飛ばしたアランは、馬から降りて昨日の顛末《てんまつ》を話した。あっという間に執事やメイドたちに囲まれ、想像以上の熱烈《ねつれつ》な歓迎《かんげい》に苦笑《くしょう》する。

「どうした、お前たち。私に会えたのが、泣くほど嬉《うれ》しかったか」

たった一夜、城を留守にしただけだが。

「当たり前です！ この村にはアラン様がいなければ……！ 私はてっきり、お二人が雷《かみなり》に打たれて死んでいるかと思いましたよ！」

　我が執事は、なんと想像力が豊かなのだろう。

「……まったく、そう簡単に主を殺すな」

「ああ！　これですよ、これぇ！　アラン様の嫌《いや》みを聞かなければ、朝が始まらない！」

　エプロンで涙を拭《ぬぐ》うメイドたちも、うんうんとうなずいている。ばかにしているのか、それとも本気で言っているのか判断に悩《なや》む。アランは眉根《まゆね》を寄せて、厩舎《きゅうしゃ》の係に馬を引き渡しているライナスを振り返った。

「……こいつをどうにかしろ、ライナス」

「ゴードンさんのおっしゃるとおりかと」

　ライナスが笑い、アランも続いて小さく笑った。ゴードンはアランとライナスを交互《こうご》に見て、あんぐりと口を開ける。

「ま、待ってください！　ど、どういうことなんですか？　やっぱり、お二人は雷に打たれたのでは!?　まさか、偽者《にせもの》!?」

「落ち着け、ゴードン。雷には打たれていないし、偽者でもない。ただ――」

　アランは横目でライナスを見た。漆黒《しっこく》の瞳《ひとみ》と金色の瞳が交じり合う。その一瞬《いっしゅん》、ふたりの間で、ささやかな秘密の共有が行われていた。

「ふたりでまずい野草を食べただけだ。そうだな、ライナス」

「はい、アラン様」

「えっ⁉　なんです、それは⁉」

「とにかく心配をかけてすまなかったな。すぐに風呂の準備をしてくれ。ライナスの分も頼《たの》む」

ひとりひとり使用人に声をかけながら、アランは愛《いと》しい我が城へ帰還《きかん》した。ここはアランの砦《とりで》だった。誰《だれ》も入れず、誰にも侵《おか》させない。

けれど、今は……。

背後を任せている男のことを思う。信念を曲げない、とても無口で強いアルファの騎士のことを。

見慣れた城の廊下《ろうか》を歩きながら、アランはある決意をしてゴードンを呼び止めた。後ろにいるライナスもぴたりと止まる。

「一週間後、村の者を城に呼べ。話したいことがある」


日暮れが近づき、多くの村人がアランの城にやって来た。普段《ふだん》は比較的《ひかくてき》静かな城に、大勢の賑《にぎ》やかな話し声が響いている。

アランは自室のソファにもたれ、食事の準備が整うのを待っていた。

寄宿舎での事件以降、この部屋に逃《に》げ込んで何日も過ごした。暖炉《だんろ》、寝台《しんだい》、それにソファ、木のテーブル。貴族にしては必要最低限で飾《かざ》り気のない部屋だったが、ここに母が住んでいたのだと思うと、どこか彼女の魂《たましい》に守られているような気持ちになったのを覚えている。

そして今。高揚《こうよう》、不安、恐《おそ》れ、複雑に絡《から》み合った感情に心を引き裂《さ》かれそうになっていた。アランにできることは、己《おのれ》が尻尾《しっぽ》を巻いて逃げ出さぬよう、心を強く持つことだけだ。名目は村人たちを労《ねぎら》う会食だったが、本当の目的は違う。

アランは今日、自分がオメガであることを村人に告げようとしていた。

「もしも」

と、そばに立っていたライナスは言った。

「この前の俺の発言のせいで、あなたがこれから意に反することを言おうとしているのなら——

——」

「いいや、それは違う。ライナス、お前のせいではない。お前のおかげだ」

あの夜、ライナスが言った言葉。

——アラン様がオメガであることも、隠《かく》す必要はないと思っています。出過ぎたことを言うようですが……もしかすると、アラン様自身がオメガの性を下に見ているのでは。

一晩、ライナスと洞窟《どうくつ》で過ごし、アランは考えを改めた。嘘偽《うそいつわ》りで固めた自分ではなく、本当の自分を曝《さら》け出してしまおうと。

ヒル公爵《こうしゃく》の城で起こったことは、すでに貴族の間で広まっているだろう。いずれ、この村まで噂《うわさ》が届く。その前に、アランは自分の言葉で彼らに話をしたかった。

事実を知り、アランへの態度を変える者もいるだろう。仕方のないことだ。他人の気持ちを変えるのは難しい。

ライナスはその場に跪《ひざまず》き、アランをまっすぐに見上げてくる。

「俺はあなたの騎士として、その勇気を誇《ほこ》りに思います」

不思議だ。その言葉だけで、体中に力が湧《わ》いてくる。

跪いた男の左頬《ひだりほお》に、親指を這《は》わす。アランの指先は恐怖《きょうふ》に震《ふる》えていたが、もう取り繕《つくろ》うものは何もない。この男には恰好《かっこう》悪いところをすべて見せてきた。

ライナスが静かに目を伏《ふ》せる。アランは己の衝動《しょうどう》のまま、ライナスの髪《かみ》へと指を滑《すべ》らせた。硬《かた》いと想像していた黒髪は、笑えるほどやわく滑《なめ》らかだ。

契約《けいやく》期間が終われば、ライナスは王都へ帰ってしまうだろう。どうしようもない寂《さび》しさが、じんわりと心に広がっていく。

けれど、たとえ期限付きであっても……。今、この男は私のものだ。

ライナスの乱れた前髪を梳《す》き、額ににじむ汗《あせ》をなぞり、そのまま耳たぶに触《ふ》れた。彼は何かを押し殺すように、強くまぶたを閉じる。

アランはその仕草がひどく気に入った。皆《みな》の憧《あこが》れであり、強いアルファの騎士が、自分の影《えい》響《きょう》を受けて頬を染めることも、彼の黒髪の感触《かんしょく》も、耳たぶの冷たさも、何もかも。

「口づけを」

アランの命令に、ライナスがぱっと目を開ける。アランは頬を紅潮させ、己の口からこぼれ出た欲望をわずかに残った理性で訂正《ていせい》することにした。

「騎士としての、口づけを」

合点《がてん》がいったのか、ライナスは跪いたまま小さくうなずいて、アランの手を取った。手の甲《こう》に口づけようとしたライナスの胸を手のひらで制し、

「そこでは、ない」

と消え入りそうな声でつぶやく。

長い沈黙《ちんもく》。いつも以上に無口な男が腹立たしい。真意を探《さぐ》るような、熱を帯びたまなざしを向けられ、アランは口ごもってしまった。

「そこではなくて、唇《くちびる》に……。いや、……騎士として唇に、という意味だが。……もしも、お前が嫌でなければ……」

こんなの私らしくない。アランは己がとてつもなく愚《おろ》かなことを言っている自覚はあった。どうかしている。

「わ、忘れてくれ」

もう消えてなくなりたいと思った瞬間《しゅんかん》、ライナスが立ち上がる。唐突《とうとつ》に腰《こし》を引き寄せられ、ぴったりと体が重なった。

唇が触れ合い、熱を帯びたライナスの手が背中に回る。アランは瞳を閉じ、彼に身を委《ゆだ》ねた。

「……ん、……っ」

片方の手で背骨を撫《な》でられ、もう片方の手でうなじに触れられると、腰が砕《くだ》けそうになる。

たった数秒唇が重なり合っているだけで、アランは限界を超《こ》えそうだった。

アランの体のこわばりを感じたのか、ライナスはキスを止めて一歩引こうとする。逞《たくま》しい背中に両手を回し、アランはまるで見えない糸に引き寄せられるように、ライナスへとしがみついた。

「……アラン様」

かすかに戸惑《とまど》いを含《ふく》んだライナスの声を聞く。それでもアランは彼を解放せず、見つめ合って抱擁《ほうよう》を続けた。アランの胸の内で何かがはじけ飛び、堪《こら》えきれない言葉が漏《も》れた。

「もう一度、口づけを」

再びライナスに強く抱《だ》き寄せられ、アランは我慢《がまん》できずに、ライナスの口腔《こうこう》に舌を挿《さ》し入れた。ライナスは受け止めてくれたが、彼から積極的にアランの舌を犯《おか》そうとはしない。

あくまでも、騎士としての口づけ。

もどかしさに雁字《がんじ》搦《がら》めにされる。耐《た》えがたいほどの熱に、アランは浮《う》かされた。

「アラン様……これ、以上は」

キスの合間、何かに耐えるように瞳を細めたライナスが言う。

そうだ、もうこれ以上はだめだ。

軋《きし》むような切なさに苦しみながら、アランは唇を離《はな》した。わずかに残ったふたりの距離《きょり》は無いに等しかったが、アランとライナスには越《こ》えてはいけない一線が引かれている。

少しだけ頬を上気させたライナスが、アランの右手に触れた。

「アラン様のここに……口づけてもよろしいですか？」

「ああ……かまわない」

アランの許可を受け、今度こそライナスはゆっくりとアランの手の甲に口づけをする。淀《よど》みない忠誠心が、アランの心に流れ込む。

「ライナス、私が逃げ出さないようにそばにいてくれ」

ぽつりとアランは言った。

「はい。もちろんです、アラン様」

ライナスは大きな両手で、今しがたキスをしたアランの右手をまるで宝石に触れるように包み込む。

「お前はいい騎士だな、ライナス」

アランはそう言って、乱れた彼の前髪を梳いた。驚《おどろ》いたように目を見開いたライナスは、少しだけ頬を染め、

「……俺には、もったいないお言葉です」

絞《しぼ》り出すように声を吐《は》き出した。

大広間には五十人を優に超える人数が集まった。

メイドたちが用意した美しい壁《かべ》のタペストリー。それに、テーブルの上に所狭《ところせま》しと並べられている、ゴードンが指揮を執《と》って磨《みが》き上げた銀製の食器。頭上で輝《かがや》くシャンデリアの掃除《そうじ》は、背の高いライナスがやった。ヒル公爵の城に比べたら豪勢《ごうせい》さでは劣《おと》るが、広間はあたたかな雰《ふん》囲気《いき》に満ちている。

村人たちはめったにない大々的な交流の場だということもあり、アランについての話をしたがった。公平な荘園《しょうえん》裁判を行ってくれるアランの信頼度《しんらいど》がいかに高いか。城の者への態度がいかに誠実であるか。そして、ライナスが来る前、どれほど勇ましくアルファの騎士を追い出してきたか。

ライナスは主催者《しゅさいしゃ》の席に座るアランの隣《となり》で、時に真剣《しんけん》に、時に驚き、彼らの話に耳を傾《かたむ》けている。

オメガはもちろんのこと、ベータからしてもアルファには相当な威圧感《いあつかん》がある。こんな風にフランクに話せること自体とても稀有《けう》なことだ。

体はでかく、見た目も厳《いか》つくて無表情な男だが、村人たちがライナスの心根の優《やさ》しさに気づいているのをアランはとても嬉《うれ》しく思った。おそらく端《はし》のテーブルで豪快に笑っているスミス夫妻が、ライナスのよい噂を流してくれたのだろう。

「アラン様、今日はあんまりお酒が進んでいないんじゃないですか？」

サイモンに酒をすすめられたが、アランはやんわりとその誘《さそ》いを断った。酔《よ》っていない素面《しらふ》の状態で、みんなにオメガであることを伝えたいと思ったのだ。

「じゃあ、ライナス様！　ほらほら、アラン様の分もワインを飲んでくださいよ！」

サイモンはライナスのもとへ行き、にこにことワインを注いでいる。

「い、いや、俺は……」

「いいですよね、アラン様！」

「ああ、構わない。だが彼はまだ十九歳の坊《ぼう》やだからな。お手柔《てやわ》らかに頼《たの》む」

「じゅ、十九歳⁉　てっきりアラン様より、ずっと年上かと……！」

サイモンはアランとライナスの顔を見比べ、あんぐりと口を開けた。アランは声を上げて笑い、無口な男の代わりにサイモンに言う。

「それが驚いたことに、よく言われる」

周りにいた酔っ払《ぱら》いたちが、ばんばんと机を叩《たた》いて笑い転げた。なんとも愉快《ゆかい》で、アランも屈託《くったく》なく笑う。サイモンに注がれたワインを一口飲んだライナスは、どうしようもないというように口の端を上げて笑っていた。

楽しい。こんなに楽しい食事会はいつ以来だろう。和気あいあいと食事をしている最中、ふとこの居心地《いごこち》のいい空間が一瞬で壊《こわ》れてしまう想像をして、アランは胸の中に痛みが広がっていくのを感じた。

オメガだと知ったら、彼らはきっと……。名残惜《なごりお》しいが、言わなければならない。

「みんな、本日は集まってくれてありがとう」

アランが立ち上がると、みな一斉《いっせい》にアランに注目をする。

「そのままでいい、楽にして聞いてくれ。私からみんなに……言わなくてはいけないことがある」

しんと広間が静まり、使用人たちも驚いた様子で動きを止めた。

「今日はとてもいい夜だった。こんなにも穏《おだ》やかにみんなと過ごせたことを、私は嬉しく思う」

ここにいるすべての人間が、ほっとしたように笑った。ライナスだけを除いて。

「私は――」

息が乱れ、それ以上の言葉を失う。

怖《こわ》い、どうしようもなく怖かった。

アランの顔に落ちた暗い影《かげ》を察したのか、ライナスがじっと見つめてきた。ふたりの視線が絡《から》み合う。アランははっとした。ライナスの目には心配など微塵《みじん》も浮かんでいなかった。アランが見たのは、ただ主を信じ切る男のまなざしだった。

ライナスに向けて一度小さくうなずき、アランはもう一度村人たちの顔を見据《みす》えた。

大丈夫《だいじょうぶ》、怖くない。私の騎士《きし》がそばにいてくれる。

「私は、オメガだ」

一斉に息を呑《の》んだ様子が、手に取るように伝わってくる。

「みんなも知っているかもしれないが、オメガには三ヶ月に一度ヒートというものがある。ヒートの間は、その……性への衝動《しょうどう》が抑《おさ》えられなくなり、アルファを誘惑《ゆうわく》してしまう。その衝動は抑制剤《よくせいざい》である程度抑えられるが、確実ではない。だから、基本的にヒートの間一週間は外に出ることはない。もちろん、領主代理としての仕事には影響《えいきょう》が出ないよう注意する。村のみんなにも、城で働く者たちにも、迷惑《めいわく》をかけないことを誓《ちか》おう。このようなことを急に言われて戸惑いもあるだろうが、……もし、よかったら……これからも城の主として、そしてスオ村の領主代理として受け入れてほしい」

静寂《せいじゃく》が広間を包んでいた。アランは彼らが事実を飲み込むまで、いくらでも待つつもりだった。アラン自身、この事実を受け入れるまで九年もかかったのだから。

「あ、あの！」

長い沈黙《ちんもく》を破ったのはひとりのメイドだった。彼女はトレーを抱《かか》えながら一歩前に出る。

「アラン様、大変、申し上げにくいのですが、私たちは——城で働くすべての者たちは、アラン様がオメガであることを存じておりました」

「な……なんだって？」

まさに青天《せいてん》の霹靂《へきれき》だった。呆然《ぼうぜん》となるアランに、さらに彼女は続ける。

「これだけ一緒《いっしょ》に城で生活をしていて、気づかないほうがおかしいかと……。私たちは最初の半年でアラン様のバース性に気づきました」

「お前たちは知っていて、今まで黙《だま》っていてくれたのか……。私がオメガだと知って、それでもなお……私に仕えてくれていたと？」

彼女は深く肯定《こうてい》した。

「オメガのバース性についてはよく知りませんが、アラン様のことは存じております……。迷惑をかけるなんておっしゃらないでください。アラン様は私たちにとって大切なお方です。これからも私たちはアラン様のそばでお仕えします」

その言葉を裏付けるように、城の者たちも次々にうなずいた。

「お前たち……」

胸がはち切れそうだった。

「実は私どもも……なんとなくわかっておりました、アラン様」

アランは驚き、声の主であるエマのほうを振《ふ》り向く。

「あなたがこの城へ来たばかりの頃《ころ》、ドミニク様が村においでなさいました」

「父上が……？」

エマが言うには、アランが城に閉じこもっている頃、秘密裏《ひみつり》にドミニクが村を訪《おとず》れたらしい。そして村人を集め、こう言った。

——今はまだ何も話せないが、アランは深い闇《やみ》の中にいる。だが、いずれアランからみんなに伝える時が来るだろう。悪いがその時まで、黙って待っていてくれ。

「私たちはドミニク様のおっしゃることなら信じようと思いました。そしてアラン様がこの村に来てから、一年後、あなたは見違《みちが》えたように変わりスオ村に尽《つ》くしてくださいました」

アランは勇気を出して城から出た、最初の一歩を思い出していた。

それからカゴ職人のこと、そしてその原料となるヤナギのこと、この村の気候、荘園裁判で争いを治める術《すべ》。手探《てさぐ》りでひとつひとつ学んでいった日々のこと。

何も知らなかった少年が、回り道をしてやっと手に入れた自分の居場所。

「まさか父上がそのようなことを……」

遠ざけられているのだと思っていた。だが、父はあの事件があった後、アランの知らぬところで息子《むすこ》を守ろうとしてくれていたのだ。

そして、村人も城の者たちも、思っていたよりもずっと深く、アランを受け入れてくれていた。

「みんな、ありがとう」

アランはそう言い、ゆっくりと腰《こし》を下ろした。思ってもいない反応が返ってきたせいか、胸がいっぱいでこれ以上何かを考えることが難しい。

銀の杯《さかずき》になみなみと注がれたワイン。アランは目の前にあったそれをあっという間に飲み干し、ようやくほっとして息を吐《つ》いた。

「さすがですねぇ、アラン様！　いい飲みっぷりだ！」

サイモンが楽しそうに手を叩いて笑っている。ゴードンも、メイドたちも笑っている。

ライナスはアランの勇気を褒《ほ》め称《たた》えるように、優《やさ》しい顔でアランを見据えていた。その顔を見た途端《とたん》、危《あや》うく泣きそうになり、アランは急いで顔を上げた。

「ゴードン、ありったけのワインを持ってこい！」


笑い声は絶えず、夜更《よふ》けまで宴《うたげ》は続いた。

上機嫌《じょうきげん》で帰って行く村人を城の庭で見送るまで、アランは酔《よ》っていることをおくびにも出さなかった。それから彼らの姿が見えなくなった後、ライナスに言った。

「悪いが、手を貸してくれ」

すべてが終わってほっとしたせいか、酔いが回ったようだ。アランの頰《ほお》は上気し、唇《くちびる》はうすく開いている。ライナスは何も言わずに隣《となり》に滑《すべ》り込むと、アランの腰をしっかりと支えてくれた。

「いい夜だったな。そうだろう、ライナス」

玄関《げんかん》の広間から続く階段を千鳥足で上りながら、アランはまるで無垢《むく》な少年のように言った。

「はい、アラン様」

腰に添《そ》えられた手が、ふらついたアランを力強く引き寄せる。一見乱暴なその抱擁《ほうよう》は、驚《おどろ》くほど優しさに満ちていた。たちまちどんな不安も消え、アランの腰からじわりと熱が放出される。

ライナスの体は大きく、まるで岩のように硬《かた》い。酔いしれるようなアルファの匂《にお》いに包まれ、その立派な胸筋に顔を埋《うず》めた感覚は、何物にも代えがたい安心感があった。太い腕《うで》に守られ、廊下《ろうか》をよたよたと歩く。結局、アランは自室まで連れて行ってもらい、ベッドにそっと座らされた。

「大丈夫ですか、アラン様」

「大丈夫だ。……しかし、父上が村人に話をしていたのは、さすがに驚いた」

きつく縛《しば》られている胸元《むなもと》の紐《ひも》をひっぱりながら、改めて父のことを思う。エマの話を聞いたアランは、ありがたさと同じくらい、自分自身への憤《いきどお》りを感じずにはいられなかった。

物心がついた時からずっと父のようなアルファの騎士になることを夢見ていた。アルファの父はいつも強く、誇《ほこ》り高かった……そう、まるでライナスのように。

きっとドミニクも、己《おのれ》の息子がそうなる未来をなんの憂《うれ》いもなく思い描《えが》いていたに違いない。

この男は、私がなりそびれた未来の姿だ。なんとも妬《ねた》ましいことに。

「それにしてもおかしい。お前も私と同量飲んだはずなのに、まったく顔に出ていない」

ライナスはなぜか緊張《きんちょう》したような面《おも》持ちで、アランから目を逸《そ》らす。

「……強い体質のようです」

「そうか。私からひとつ質問をしていいか？」

機嫌よくアランが問うと、ライナスは無表情のまま「はい」と首を縦に振る。

「なぜ、こちらを見ない」

頑《かたく》なに視線を合わせない男に言うと、ライナスはとても気まずそうにアランを見下ろしてくる。

「ああ、ようやくこちらを見たな。では、服を脱《ぬ》がせろ」

酔っぱらったアランは指先を伸《の》ばし、ライナスへ差し出した。

「……できません。それは俺の仕事ではありません」

「ははっ、なんだと？　草むしりも、煙突《えんとつ》の掃除《そうじ》も、シャンデリアの掃除もするのに？　主の服は脱がせられない？」

アランはけらけらと声を上げて笑う。本当に今日は気分がいい。オメガであることを、もうみんなに隠《かく》さなくてもいいのだ。明日から新しい一日が始まる。

「飲み過ぎです、アラン様」

「ならば仕方ない。自分で着替《きが》えるとしよう」

アランはゴードンがベッドの上に用意しておいてくれた寝巻《ねまき》をとろうと、体を浮《う》かせた。その途端、床《ゆか》に倒《たお》れそうになり、ライナスが慌《あわ》ててアランの脇腹《わきばら》を支える。

「たしかに……お前の言うとおり、飲み過ぎたようだ」

「俺がやります。座っていてください」

「まったく、最初からそうしろと言っているだろう」

笑って文句を言うアランを、ライナスはどうしようもないというように見つめた。そしてアランの胸を締《し》め上げている上着の蝶《ちょう》結びに手を伸ばし、静かに解いた。しゅるっと紐が鳴る。胸元が解放されて息がしやすくなったはずだが、ライナスの指先がかすかに肌《はだ》に触《ふ》れるたびに、血液が体中を駆《か》けて落ち着かなかった。

胸元の穴からすべて紐を解いたライナスが、服の袖《そで》に手を伸ばす。アランは抗《あらが》わず、されるがままに両手を上げた。アランの陶器《とうき》のような白い肌がひんやりとした闇夜《やみよ》の空気に晒《さら》され、次の瞬間《しゅんかん》にはライナスの息を呑《の》む音が耳に届く。

「アラン様、……はやく寝巻を着てください。こんなところをみなさんに見られたら、あなたが誤解されます」

ライナスはアランの上半身から目を伏《ふ》せ、寝巻を広げていた。アランは袖に手を通しつつ、ライナスの赤らんだ顔を笑い飛ばす。

「大げさだぞ。童貞《どうてい》でもあるまいに」

音が聞こえそうなほど、ライナスの顔がみるみる紅潮していった。アランは面食《めんく》らい、「まさか本当に？」と子供のように問いかけてしまう。

「……アラン様はどうなんですか」

「なんだ、ライナス。一丁前に駆け引きか？」

アランは洗練された仕草で、金色の髪《かみ》の毛をかき上げた。

「悪いが、私は寄宿舎でお前よりはモテていたぞ。もちろんオメガだとわかるまでだが」

自分がアルファだと思い込んでいたあの頃《ころ》は、それなりに経験を重ねていた。事件以降、一《いっ》切《さい》人に肌を触れられていないが、それはライナスに言わなくてもわかることだろう。

アランが質問に応じるとは思っていなかったらしく、ライナスは息が詰《つ》まったように立ちすくんでいる。

「さぁ、次はお前の番だ」

アランに詰め寄られ、ライナスは渋々《しぶしぶ》といった様子で答えを吐き出した。

「何人かお付き合いした人はいますが、……経験はありません」

「その年齢《ねんれい》で、しかもアルファの騎士《きし》が童貞とはな。まぁ、そのような気もしていたが」

本当に意地が悪いと、自分でも呆《あき》れた。けれどアランは、ライナスが誰《だれ》ともそういう経験がないということに、喜びのようなものを見出《みいだ》してしまっていた。最近の自分は変だ。

毎朝、ライナスが庭で鍛練《たんれん》しているのを、窓から見下ろしている。肩《かた》から二の腕にかけて盛り上がる筋肉、荒々《あらあら》しく力がみなぎる剣《けん》の太刀筋《たちすじ》。抗う術《すべ》などなく、磁石のように惹《ひ》かれてしまう。

今ではライナスの姿が少しでも見えないと、不安になる始末だ。アランは、ライナスという騎士が、いつのまにか自分の心を支えるかけがえのない存在になってしまったのだと気づいていた。

ライナスとの契約《けいやく》はもうすぐ切れる。恐《おそ》ろしいことに、「このままここにいてくれないか」と臆面《おくめん》もなく言いそうになるのだ。

「どうして恋人《こいびと》とヤらなかった？」

酔った勢いにまかせ、アランはあけすけな質問をした。ライナスは仏頂面《ぶっちょうづら》で前に跪《ひざまず》き、アランの寝巻のボタンをひとつひとつ留め始める。

「体に負担もかかりますし、急ぐ必要はないと思っていました。少なくとも俺のほうは……」

その後のライナスの話によれば、恋人ができても大事にするあまり手を出せず、「つまらない男」だと言われ振《ふ》られてしまうことが多かったようだ。

「さすが鋼《はがね》の理性だな」

表面的には笑いながらも、アランは羨《うらや》ましかった。そこまでライナスに大事にされていた恋人たちが。

「どうすれば恋人に逃《に》げられないか教えてやろうか？」

うつむいていたライナスが、おもむろに顔を上げる。

「簡単なことだ。四六時中愛を囁《ささや》けばいい」

横柄《おうへい》に響《ひび》く言葉とは裏腹に、アランはライナスのことをひどく意識していた。上から四番目のボタンに触れている、日焼けした指先。伏せた長い睫毛《まつげ》。自分に無頓着《むとんちゃく》なライナスらしい少し乾燥《かんそう》した唇《くちびる》。

「お前のことだから、何も言わずとも、態度だけで伝わると思っているのだろう。言っておくが、そんなの幻想《げんそう》だぞ。言わなければ、何も伝わらない」

きつく結ばれた口の奥に隠された、ライナスの白い歯を思う。噛《か》まれたらどんな痛みを覚えるのだろう、たとえば、うなじを強く。

こんなことを考えてしまうのは、きっとしこたま飲んだワインのせいだろう。それか、この男のせい。

「なんだ。またしゃべり過ぎたか？」

「いいえ。……ありがたく、次回の参考にいたします」

次回。私の知らない次回。

胸が押しつぶされそうな嫉妬《しっと》心に、アランは笑って瞳《ひとみ》を強く閉じた。

今さら心を乱す必要があるだろうか。アランはここで誰とも番《つが》わず、ひとりきりで生きていくと決めたではないか。あの事件のトラウマを抱《かか》え、誰かに理解してもらうことも、誰かに触れられることも不可能だと諦《あきら》めた。ましてやアルファと番うとなれば、さらに心のハードルは上がる。

「私は誰とも番わない。私はひとりで生きていく」

「……はい」

「アルファと番うなんて、冗談《じょうだん》じゃない」

ライナスは静かにアランの戯《ざ》れ言を聞いていた。

彼はもうすぐここを出て行く。また父がアルファの騎士を寄越《よこ》そうが、それはふたりの関係にはなんの意味もないことだ。ライナスの騎士の忠誠と、それ以外とを勘違《かんちが》いしてはいけない。彼がここを去ったとしても、数年に一度は会えるかもしれない。その時は、ただの友人として。

「アラン様、できました」

ボタンを留め終えたライナスが言う。アランはゆっくりと目を開けた。

どうしても……この胸に宿り始めている恋心を、認めるわけにはいかなかった。

「ご苦労。私は寝《ね》る。お前も寝ろ」

アランが素っ気なく言うと、ライナスはじっとアランを見つめた。熱を帯びたその視線に体が反応する。自分の心も、体も、うまく制御《せいぎょ》できなかった。ヒートではないのに、触れてほしくなる。胸を、首筋を、鎖骨《さこつ》を。そして痛いくらいの強さでうなじを嚙まれたい——。

こんな妄想《もうそう》どうかしている。このままライナスを自分のベッドに引きずり込んでしまわないように、アランはわざと軽薄《けいはく》な笑《え》みを浮かべた。

「じっと見つめてどうした？　先ほどのキスの続きでもするか？　それとも、オメガの体が欲しくなったか？」

弾《はじ》かれたように立ち上がり、ライナスはアランから目を逸《そ》らす。

「……あなたは、もう誰の前でもワインを飲んではだめです」

本気か冗談かさっぱりわからない。アランが軽く笑い飛ばすと、赤い顔をしたライナスは、

「ゆっくり休んでください」

そうつぶやき、部屋を出て行った。

まるで外の世界から隔離《かくり》されてしまったように、しんと静まり返った部屋。ずっと今まで平気だった。この沈黙《ちんもく》と平穏《へいおん》を愛し、求めていたはずなのに。

耳が痛いくらいの静寂《せいじゃく》に包まれ、アランは胸を掻《か》きむしりたくなった。ライナスがいなくなった途端《とたん》、全身を襲《おそ》うこの鈍痛《どんつう》はなんだ。飲み過ぎという理由だけでは足りないようだとアランは思った。

唇に残る、あのキスの感触《かんしょく》。指先で確かめながら、深いため息を吐《つ》いた。

「本当に……お前のせいだぞ、ライナス」

誰もいない部屋のベッドで丸まり、眉間《みけん》の皺《しわ》を深める。さっきまで顔を合わせていたのに、もうお前に会いたいなんて。


その日の朝。窓から庭を見下ろしたアランは、毎日かかさず剣を振り回していた男がいないことに気づいた。胸騒《むなさわ》ぎがして部屋から飛び出そうとした瞬間《しゅんかん》、コンコンとノックされる。

「おはようございます、アラン様。どうしたんですか、そんなに慌《あわ》てて」

扉《とびら》を開けたゴードンは、ガラス製の水差しにたっぷりと入った水と、陶器《とうき》のコップをトレーに載《の》せ、のんびりと笑っていた。アランは朝の挨拶《あいさつ》もそこそこにゴードンに詰め寄る。

「おい、ゴードン。ライナスはどこへ行った？　庭にあいつの姿が見えないが、どこかに出かけたのか？」

「落ち着いてください、アラン様」

ゴードンの揶揄《やゆ》するような笑い声に、アランはわずかに正気を取り戻《もど》した。

「私は別に……ただあいつの姿が見えなかったから……」

ゴードンに言われるまでもない。近頃《ちかごろ》のアランは本当に重症《じゅうしょう》だ。

「ライナス様には、かまどの灰を掻き出してもらってます」

「……かまどの灰？　あいつはまた朝からそんなことをしているのか」

アランは呆《あき》れたようにそう言ったが、内心では微笑《ほほえ》みを抑《おさ》えていた。黙々と灰を掻き出す真《ま》面目《じめ》なライナスの姿が、ありありと目に浮《う》かんでくる。

「そんなことより！　アラン様、ライナス様とのご契約をどうなさるつもりですか？　契約が切れるまであと一ヶ月もありませんよ？」

考えないようにしていた事実をあっさりと目の前に突《つ》き出され、アランは不機嫌《ふきげん》な顔をせずにはいられなかった。

村人や城の者たちにオメガだと宣言したあの夜から二週間がたった。季節は初夏だ。

「それがどうした」

「どうしたじゃありませんよ……。いい加減、素直《すなお》になられたらいかがですか、アラン様」

「私はいつも素直だ。問題ない」

「……またそんなことをおっしゃって」

ゴードンの咎《とが》めるような視線は、アランの気持ちをすでに知っていると言わんばかりだった。九年も一緒《いっしょ》にいる執事《しつじ》には、アランのつまらない虚勢《きょせい》は通用しない。

「近頃はアラン様と番いたいという殿方《とのがた》があとをたたないんですよ!?　先日だって、ライナス様がいなかったらどうなっていたか」

アランがオメガだという話は、今やスオ村以外にも広まり、当然、貴族たちにも伝わっていた。

先日も侯爵《こうしゃく》家の次男坊《じなんぼう》だという男が、アランに求婚《きゅうこん》してきたばかりだ。彼はアランがヌオ村を代理で統治してから、どれだけ素晴らしい発展を遂《と》げてきたのか褒《ほ》め称《たた》えていた。が、本音はオメガが産む優秀《ゆうしゅう》なアルファの後継《あとつ》ぎが欲しいだけなのがまるわかりだった。見え透《す》いたおべっか。求婚してきた男たちの誰《だれ》もが、心の奥底ではオメガを見下していることには変わりない。

彼らがどんな嘘を並べようと、アランの隣《となり》でビリビリとした威《い》圧感《あっかん》を放っているライナスさえいれば、アランの心は平穏だった。

ライナスへの絶大な信頼《しんらい》感。言われるまでもなく、アランもそれに気づいていた。最近、恐《おそ》ろしい悪夢を見なくなったのも、きっとライナスのおかげだ。

ライナスへの思いは、己《おのれ》の意思とは裏腹に、日に日に強く、そして大きくなっている。それは紛《まぎ》れもない事実だ。けれど、その気持ちをライナスに伝えることも、アルファのライナスにそばにいてほしいと望むことも、アランにとって簡単なことではなかった。

本当にそれは純粋《じゅんすい》な愛と呼べるのか？　ただアルファを傅《かしず》かせて、優越《ゆうえつ》感に浸《ひた》っているだけなのではないか？

アランはようやく自分の中のオメガ性を認めようと歩み始めた。だが、心の中には、まだ乗り越《こ》えるべき壁《かべ》がいくつもそびえ立っている。

――ライナスのように私は強くない。

アランはわかっていた。近い将来、この思いを封印《ふういん》する日がくることを。

心配そうな目をしたゴードンが、ふと窓の外に目をやった。アランは耳を澄《す》ませる。車輪が忙《せわ》しなく回転する音、そしていくつもの馬の蹄《ひづめ》が土を捉《とら》える音が、どんどん近づいている。

「……橋の前にどなたかいらっしゃいましたね。面会の予定はなかったはずですが、どちら様でしょう」

窓に近づき、アランは湖の門の前で止まっている馬車を見下ろした。

四頭の白馬が引くその馬車には、大きな窓と、金で彩《いろど》られた美しい紋章《もんしょう》が施《ほどこ》されている。アランが持つ古くさい木製の馬車とは違《ちが》う、最新の金属で作られたものだ。この辺りでそれほどの財力と権力を持つ者はひとりだけ。

鉛《なまり》のように心は重くなり、ドクドクと鼓動《こどう》が鳴り始める。

「ア、アラン様、まさか、あの馬車は……」

ゴードンは怯《おび》えたように、ぎゅっとトレーを握《にぎ》った。こくりとつばを飲み込む音が、己の耳にやけに大きく響《ひび》く。


対面しているベルベットのソファに座り、ヒル公爵は言った。

「一ヶ月ぶりだな、アラン」

アランはヒル公爵を客間に通してから、自分の呼吸、視線、手足の動き、すべてに神経を集中させていた。そうでもしないと、この男への怒《いか》りと軽蔑《けいべつ》で我《われ》を忘れそうになるからだ。

「本当はすぐにでも会いたかったんだが、きっと君は混乱しているし、誤解していると思った。今日はこの前のことを弁明させてくれ」

強い吐き気を押さえ込み、アランは小さく微笑んだ。

「もちろんです、ヒル公爵」

「ああ、よかった。……以前の君は、自分はオメガではないと言っていた。しかし、周りの連中は疑っていただろう？　私は君がアルファだと証明してやりたかった。親切心で、あの日の料理にニアトスの薬草を入れることを指示したんだ」

ヒル公爵の言葉を手放しで信じることは難しいが、彼を邪険《じゃけん》にするのは貴族として生きてきたアランにとってはさらに難しいことだった。

ヒル公爵がソファから少し体を浮かせた。ゴードンははっとしたようにアランのすぐ隣に立ち、両手を強張《こわば》らせる。

「おい、ゴードン。そう警戒《けいかい》しないでくれ。本当にあれは事故だったんだよ。アラン、君はもちろん信じてくれるだろう？　その証拠《しょうこ》に、私はあの後、ほかの者にはアランは体調が優《すぐ》れなかっただけだと、ちゃんと説明をした」

アランは感情を押し殺し、優美に笑ってみせた。ヒル公爵の言葉を、額面通りに貴族たちが信じたかどうかはまったく疑わしい。

「お心遣《こころづか》いには感謝いたします。ですが、ヒル公爵。私はもうオメガであることを隠《かく》すつもりはありません。これ以上、私事《わたくしごと》であなたを煩《わずら》わせることもないでしょう」

アランは毅然《きぜん》とした態度で顔を上げた。納得《なっとく》していないのか、ヒル公爵は難色を示すように苦笑いをこぼす。

「本当にそれでいいのか、アラン。世間はオメガを軽視しているだろう？　淫乱《いんらん》だと罵《ののし》る者もいる」

改めて言葉にされると胸が詰《つ》まる。アランが押し黙《だま》ったその時、

「アラン様！」

急に青銅の飾《かざ》り扉が開き、アランたちは一斉《いっせい》に振《ふ》り向いた。

ライナスだ。使用人たちから話を聞きつけ、急いで走ってきたのだろう。肩《かた》は大きく上下し、胸は乱れた息で弾《はず》んでいる。しかも、その頬《ほお》や軍服には、灰と煤《すす》がたっぷりとかかっていた。彼の姿を見るだけで、アランは安堵《あんど》が胸いっぱいに広がっていくのを感じた。

ライナスは一度浅く息を吸い込み、ソファの隣に立つと、びりびりとした威圧感を出しながらヒル公爵を睨《にら》みつけていた。もしアランがその視線を受けていたら、とても恐ろしくて正気ではいられなかっただろう。

「……そうか。まだ雇《やと》っていたんだな、この男を」

だが、ヒル公爵は怯《ひる》まなかった。そればかりか、その瞳《ひとみ》に明らかな侮蔑《ぶべつ》の色を浮かべている。経験してきた場数が違うのだ。改めてアランは、ヒル公爵の存在を脅威《きょうい》に思った。

「ライナスは優秀な私だけの騎士《きし》です」

するりと出てしまった本音に、アラン自身面食《めんく》らっていた。そしてその何倍も、ヒル公爵は驚愕《きょうがく》している様子だった。

「アルファ嫌《ぎら》いは治ったというのか？　それは……そうだな、大変喜ばしいことだ。しかし、アラン。君はこの男の本当の目的を知っているのか？」

「……本当の目的？」

ぞくりと背筋が震《ふる》えた。

「ライナス、お前は最初から、アランがオメガだとドミニクに聞かされていたのではないか？そして、彼からアランを懐柔《かいじゅう》するように言われていた」

アランは自分の耳を疑い、それでも真実を探《さぐ》ろうとライナスへ視線を移す。ライナスは何も変わらず、毅然とした様子で立っていた。

「そのような言い方ではありませんが……。たしかに俺は、アラン様のアルファ嫌いが改善するように仕えろと指示されていました」

ライナスはどこまでも正直だった。

なんとなく感じ取っていたのだ。父の思惑《おもわく》も、今まで城に来たアルファの騎士たちの目的も。

それでも、実際言葉にされると、この胸をナイフで抉《えぐ》られるような痛みを感じる。

「はっ、馬鹿《ばか》正直なやつだ。アランの父君は一族の血を絶やしたくないだろうからな。アラン、君がアルファ嫌いのままでは、都合が悪かったんだよ。だが、君はアルファの騎士を拒《こば》み続けた。そこで大変可哀想《かわいそう》で、みすぼらしい過去を持つお前の出番というわけだ。お前はまんまとこの城に忍《しの》び込んだ、まるでスパイのように。アランの凍《い》てついた心を解かすためにどんな甘い言葉を囁《ささや》いたんだ？　私には想像もつかないが……そうだな、調べたところ、お前はニアトスの生まれらしいから、自分の過去の話でもしたか？　優雅《ゆうが》な騎士団の軍服でも隠せない、卑《いや》しい出自の話だ。たとえば残飯を漁《あさ》っていた少年時代のことや、スリをしてなんとか生き長らえていた汚《きたな》いドブネズミのような生活のことを」

ライナスは一向に顔色を変えなかった。だが、アランには彼の心臓から流れる血が見えるようだった。優《やさ》しいこの男がどんな思いで罪を犯《おか》したのか。きっとライナスは過去の罪を、今でも悔《く》いている。

「お願いです。もうお止《や》めください、ヒル公爵」

すべては幼い少年が、過酷《かこく》な環境《かんきょう》を生き抜《ぬ》いていくためのことだった。

「いいや、アラン。それは無理だ。ライナス、お前は口当たりのいい言葉でまんまとアランの心を手に入れ、さぞ楽しかっただろう。もうアランとはヤッたのか？　私にもオメガの味を教えてくれ」

アランへのひどい罵りを許せなかったのだろう。ライナスは衝動《しょうどう》のままにヒル公爵の胸《むな》ぐらを掴《つか》んでいた。

「ライナス！　だめだ！」

「お、落ち着いてください、ライナス様！」

アランとゴードンがライナスの体を押さえようとしたが、力の差は歴然としていた。ライナスの怒りは想像以上だった。全身から血の気が引いていく。一触即発《いっしょくそくはつ》の空気が部屋に充満《じゅうまん》していた。

「正義の味方にでもなったつもりか？　なれるわけがない、お前は根っからのワルだ。世間知らずのオメガのお坊《ぼっ》ちゃまを騙《だま》すのは簡単だろうな。それとも、淫乱なオメガのことだ。もしや、アランからお前を誘《さそ》ったのかもしれないな」

アランがライナスの名を叫《さけ》んだのと、ライナスがアランたちを振り切ってヒル公爵を殴《なぐ》ったのは、ほぼ同時だった。殴られたヒル公爵が、ソファの上に吹《ふ》き飛ぶように倒《たお》れる。

アランは青ざめた顔で、その一部始終を眺《なが》めていることしかできなかった。

「俺のことはなんとでも言え……だが、アラン様を侮辱《ぶじょく》することは許さない！」

怒りに取りつかれたライナスを見て、ククッとヒル公爵が笑う。

「見ただろう、アラン。この男は私を殴ったぞ？　これの意味することが、賢《かしこ》い君にはわかるだろう」

「……た、大変申し訳ございません、ヒル公爵《こうしゃく》。私の騎士がしたことです。すべての責任は私にあります」

「そうか……ならば、アラン。君の責任の取り方というのを拝見しようじゃないか」

口から血を流したヒル公爵が、試《ため》すように口角を上げてアランを見やる。

アランはその刹那《せつな》、ようやくこれがヒル公爵の罠《わな》であったことに気がついた。こちらには武器が何もない。しかもアランたちをいかようにもできる切り札を、たった今、ヒル公爵に握《にぎ》らせてしまった。

「ア、アラン様、俺は――――！」

「黙れ、ライナス！」

アランは力の限り叫んでいた。ライナスを叱責《しっせき》するためではなく、ライナスを守るために。

「懐《なつ》かしいな、アラン。君のその顔……アルファを憎《にく》んでいる顔だ。覚えているだろう。いつか君は、私に言ってくれたな？　他《ほか》のアルファと違《ちが》って、私は一緒《いっしょ》にいても怖《こわ》くないと」

たしかにアランはそう言った。彼にはアルファの貴族に感じるはずの拒絶《きょぜつ》感を覚えなかった。けれど、段々とヒル公爵の異常性に勘《かん》づいていたのだ。そして、今日はっきりとわかった。彼はアランに異常な執着《しゅうちゃく》を見せている。

「私はアルファを憎んでいる君が好きだった。ライナスを騎士とする以前の君が」

嘆《なげ》くようにヒル公爵がつぶやく。

まるで出口のない暗闇《くらやみ》の中にいるような心地《ここち》だった。

貴族の中でも、ヒル公爵の力は圧倒的《あっとうてき》に強い。父の力を借りたとしても、たかが侯爵《こうしゃく》では無力に等しい。

ヒル公爵は陛下の全面的な後ろ盾《だて》を手にしているのだ。

公爵を無下にしたと陛下に告げ口をされれば、ライナスの騎士としての道も一瞬《いっしゅん》で閉《と》ざされてしまう。自分のせいでライナスの名誉《めいよ》を傷つける事態に陥《おちい》り、アランは唇《くちびる》を強く噛《か》み締《し》めた。

頭の中で耳鳴りのように鼓動《こどう》が鳴っている。

ライナスは誇《ほこ》り高い騎士だ。ヒル公爵を殴ってしまったのも、彼の忠誠心が他の誰《だれ》よりも深いからなのに……。このままアランのそばにいては、またいずれヒル公爵とぶつかることになる。ヒル公爵に、これ以上彼の人生の邪魔《じゃま》をさせるわけにはいかない。

どうすればヒル公爵の怒《いか》りを収められるのか、アランは知っていた。たとえ、絶対に口にしたくないものだったとしても、選択肢《せんたくし》はひとつしか残っていない。

「ライナス、ヒル公爵に謝罪を」

口にした途端《とたん》、アランは足下《あしもと》が崩《くず》れ落ちるような後悔《こうかい》に襲《おそ》われた。

温度のない視線でライナスを捉《とら》えた。最初、戸惑《とまど》うように視線をさまよわせたライナスだったが、結局何も文句は言わなかった。

耐《た》えがたいものに触《ふ》れるように、ライナスがゆっくりとその場で膝《ひざ》を折る。アランは涙《なみだ》が込み上げてくるのを感じていた。血が出るくらい下唇を噛み締め、己《おのれ》の肉体を、感情を制する。

「……申し訳ございません、ヒル公爵」

大きな体を折り曲げて謝罪を述べるライナスに、ヒル公爵はまるでつまらない曲芸を見せられているかのような冷たい視線を這《は》わせた。

これで終わりではない。ライナスがアランを守ってくれていたように、今度はアランがライナスを守らなければ。

「ライナス。お前は最初から、私がオメガだと知っていたのだな」

ライナスはアランを見上げ、「はい」と従順に返事をする。

「ドミニク様から知らされていました。ですが、たとえ教えられていなくても、おそらく匂《にお》いでわかっていたと思います。俺は……人より少し勘が鋭《するど》いので」

嘘偽《うそいつわ》りなく答えようとするライナスの献身《けんしん》に、アランの胸は痛んだ。

「今までお前の忠誠を信じていたが、ヒル公爵の話を聞いて考えを改めた」

「……ア、アラン様」

「お前には、私への気持ちなどない。ただ父上の命に従っていただけだ」

アランはヒル公爵の話をすっかり信じたフリをした。ライナスとの信頼《しんらい》関係を胸の奥にしまい込み、彼がアランやヒル公爵に縛《しば》られることなく、王都でまた騎士として生きられるよう、できる限りの冷酷《れいこく》さで。

「たしかに初めは……！　初めはドミニク様の命令がありました。ご本人に直接聞いたわけではありませんが、一族の繁栄《はんえい》というよりは、アラン様を守れるようなアルファをそばに置いておきたいという願いだったように思います。俺自身、命令があったからこそ、あなたを守ろうとしていました。けれど、今は……自分の意思であなたにお仕えしたいと思っています」

沈《しず》んでいく心とは裏腹に、ライナスの気持ちが暖かな春風のようにアランの心に吹いていた。

この男が好きだ、と思う。だからこそ、手放さないといけない。

「……アラン様、どうか俺を信じてください」

「いいや、お前のことはもう信用ならない」

ゴードンがひゅっと息を呑《の》む。ライナスは微動《びどう》だにせず、縋《すが》るようにアランを見つめていた。

「お前など不要だ」

——違う、私にはライナスが必要だ。

「やはりアルファを信じた私がばかだったのだ」

——また人を信じようと思わせてくれたのはお前だ。

「もう二度と顔も見たくない」

——笑った顔が見たい。怒《おこ》った顔でもいい。どんなお前でもいいのに。

『いやだ！　俺はあなたの騎士《きし》でいたい！』

魂《たましい》の叫びのようなニアトスの言語。その意味はわからないのに、アランはどうしようもなくライナスを抱《だ》き締めてやりたくなった。だけど、それは叶《かな》わない。

「……ライナス、お前はクビだ。今すぐここを出て行け」

「お願いです、アラン様！」

「黙《だま》れ！　……頼《たの》むからこれ以上は黙ってくれ。お前に少しでも私への忠誠の意思があるのなら、ここを離《はな》れることでそれを証明しろ」

ライナスの顔に絶望が浮《う》かぶ。こんな形で終わりになることを誰が想像していただろうか。

もう二度と取り返しのつかない言葉の刃《やいば》をライナスに突《つ》き刺《さ》しながら、アランは思っていた。できることならば、ずっと一緒にいてほしかった、と。

夕暮れに染まる部屋の窓際《まどぎわ》に立ち、アランはじっと手紙を見ていた。何度読んだかわからない、橙色《だいだいいろ》に染まった手紙を。

アラン様

元気に暮らしていますか？

村の人たちは元気ですか？　ゴードンさんは？　城の人たちは？

アニアーナの文字を書くのは苦手なので、間違《まちが》っていたらすみません。

あなたに解雇《かいこ》され、一週間がたちました。

あの日、心の整理もつかないまま王都につき、俺は今まで経験したこともないような強い感情に心を乱されました。

それからあなたに手紙を書いては、何度も破り捨てています。

今でも、この気持ちをどう整理すればいいのか答えが見つかりません。

前にも言ったとおり、俺はあなたを深く傷つけました。俺たちの出会いのきっかけもそのひとつだったと思います。だけど、ドミニク様の命であなたに会えたことを、俺は心から幸せだったと感じています。

あなたは俺を信用できないと言いました。本当にそうですか？

俺たちの間には何も芽生えなかったということですか？

見苦しいあがきだと思われるでしょうが、いつまでも心が納得《なっとく》しないのです。

俺はどうしてもあなたの騎士でいたかった。

あなたの答えをください。

ライナスより

RUBY INFORMATION 1

January 2024

イラスト／笠井あゆみ

公式HP https://ruby.kadokawa.co.jp/　X(Twitter) https://twitter.com/rubybunk

〒102-8177 東京都千代田区富士見2-13-3　発行:株式会社KADOKAWA

オメガ令息が
愛されるまで

ゆず　イラスト／秋吉《あきよし》しま

とに、寡黙で実直な騎士・
ナスを拒否していたアラン
ァでありながらライナスは誠

觜』イラスト/芦原モカ
オメガ妃殿下』イラスト/アヒル森下

おやゆび王子の初恋

犬飼《いぬかい》のの　イラスト／笠井《かさい》あゆみ

家具職人のミルフェは、老婆の魔女を助けたお礼に花の妖精の種を貰う。立派な青薔薇に成長したその蕾が開くと、中から親指ほどの金髪の美しい男が目を覚ました。男は百年前に魔女に呪われて失踪した王子で…？

好評既刊『眠れる森の王』イラスト/笠井あゆみ
『赤ずきん王子』イラスト/笠井あゆみ
『シンデレラ王〜罪を抱く二人〜』イラスト/笠井あゆみ

ビー文庫　1月1日発売の新刊

手紙を読むたび、ライナスの内に秘《ひ》めた青い炎《ほのお》のような強い感情が、アランの中になだれ込む。それは不思議と心地よく、そして同時に切なくてたまらなかった。

私たちの間に何も芽生えなかった？　そんなわけがない。

アランは一生懸命《いっしょうけんめい》書いたであろう彼の字をなぞり、「お前は何もわかっていない」と彼が城にいた頃《ころ》のように毒づきたくなってしまった。

芽生えたからこそ、怖《こわ》かったのだ。お前をそばに置いておくことが。

ロクに挨拶《あいさつ》もできずに追い出してしまったライナスのことを思うと、アランはいつも胸にぽっかりと穴があいたような虚《むな》しさとやるせなさに襲われた。

この手紙の返事は、未《いま》だに書けていない。

「アラン様、ゴードンです」

扉《とびら》が叩《たた》かれる。アランは手紙を慎重《しんちょう》に折りたたみながら、「入れ」と命じた。さっそく部屋に入ってきたゴードンの手には、軽食やフルーツが盛られた皿が載《の》っている。

「食事はいらないと言っただろう」

「だめですよ、アラン様。少しは口にしないと。ライナス様がいなくなってから、どんどんお痩《や》せになって……使用人たちも村の者たちも心配しております。『このままではアラン様がヤナギの木みてぇになっちまう』と」

ライナスが城を出てから一ヶ月近くたった。自分ではうまくやっているつもりだったが、どうやら動揺《どうよう》を隠《かく》しきれていなかったらしい。

「……ヤナギの木か、なんとも素晴《すば》らしいたとえだな」

アランは力なく笑い、机の引き出しに手紙をそっと入れた。

「またライナス様からの手紙を読んでいたんですね」

「ああ。あいつのへたくそな文字を見て大笑いするのが、最近の日課だ」

ゴードンが差し出した食事を一瞥《いちべつ》し、ベッドにもぐり込む。真新しいシーツに包まれ、アランはだらりと手足を投げ出した。今日はもう何もしたくない。すべてを忘れて眠《ねむ》ってしまいたい。

「アラン様……」

「そんな怖い顔をするな。仕事はきちんとこなしているだろう」

「そうじゃありません！　私は見ていられないんです！　そんな風になってしまうのなら、どうしてライナス様を手放したんですか！」

ふっと口角を上げる。

「あの時、ほかにどんな選択肢《せんたくし》があった」

ライナスを人質《ひとじち》にされては身動きができなかった。いくら謝罪を重ねても、ヒル公爵《こうしゃく》はライナスを許さなかっただろう。アランとライナスが一緒《いっしょ》にいること自体が、彼の逆鱗《げきりん》に触《ふ》れていたのだから。

「せ、せめて……ライナス様に真実を話せば、また戻《もど》ってきてくれるはずです！」

「戻ってきたとして、それからどうする」

「それは……なんとかふたりで力を合わせて、ヒル公爵を説得して……」

「私たちがあの公爵に勝てると？　まず無理な話だ。それにヒル公爵が執着《しゅうちゃく》しているのは、アルファを嫌《きら》っている以前の私だ」

「でも、このままじゃアラン様が……」

ゴードンの言葉が何を指しているのかは知っていた。

本格的な夏を迎《むか》えれば、アランはヒル公爵の招待で、彼が持つ避暑《ひしょ》地の別荘《べっそう》を訪ねることになっていた。「一緒に一週間の休息を」と彼は笑って言った。

アランは生娘《きむすめ》ではない。すでに彼に抱《だ》かれる覚悟《かくご》はしている。ライナスが平穏《へいおん》に暮らせるのであれば、今さら自分の体もプライドもどうでもいい。

「……ライナス様に会いたいですか？」

シーツの上で丸まり、心配そうなゴードンの顔を見上げる。嫌《いや》みを言う気力もなかった。あの男がいなくなってから、己《おのれ》をまったく制御《せいぎょ》できてない。

「そうだな……」

シルクのシーツをぎゅっと握《にぎ》る。

「会いたい、ライナスに会いたい……」

　生意気な声が聞きたい。腹の立つような正論が聞きたい。あの男の仏頂面《ぶっちょうづら》も、たまに見せる無邪気《むじゃき》な笑顔《えがお》も、見たくてたまらない。

　まぶたが重くなっていく。明日になれば、色を失ってしまった毎日から解放されるだろうか。

「わかりました。アラン様、一緒に王都へ行きましょう！」

「……な、なんだと？」

　まどろみ始めていたアランは、ぱっと目を開け、ベッドから体を起こした。

「ゴードン……お前は今、なんと言った？」


　その日の早朝、アランはゴードンとふたりの御者を引き連れ、馬車で王都へと旅立った。

　ゴードンに背中を押されたということもあるが、アラン自身、一目だけでもライナスの姿が見たいという誘惑《ゆうわく》に負けたのだ。会話がしたいわけじゃない、感動的な抱擁《ほうよう》もいらない。ただもう二度と会えないであろうライナスの姿を、一生分この目に焼きつけておきたかった。

　王都に着いたのは、次の日の昼過ぎだ。懐《なつ》かしい風景が、アランの心を否応《いやおう》なしに揺《ゆ》さぶる。

　高い城壁《じょうへき》に囲まれた巨大《きょだい》な都市は、あの頃と変わらず、多くの人で賑《にぎ》わい活気に満ちていた。

　正門の大通りから緩《ゆる》やかに続く上り坂を、古い馬車は軋《きし》んだ音を立てて上っていく。

最奥《さいおう》に建てられた国王の住む優美な宮殿《きゅうでん》、堂々とそびえる大聖堂、劇場、貴族御用達《ごようたし》の服屋。そしてアランが通っていた寄宿舎。誰《だれ》もが心を惹《ひ》かれる場所、それが王都だ。九年前まで、アランがそうだったように。

開けた馬車の窓から漂《ただよ》う、華々《はなばな》しい香《かお》りが鼻を刺激《しげき》する。アランは深く息を吐《は》き、小刻みに震《ふる》える指先をぎゅっと押さえ込んだ。

「……アラン様、大丈夫《だいじょうぶ》ですか？」

斜《なな》め前に座っているゴードンが、アランの顔色をうかがって目を瞬《しばたた》かせる。

「大丈夫だ。心配いらない」

アランはこれ以上無用な心配をかけぬよう、しっかりとゴードンの目を見て言った。

何年たっても、傷は癒《い》えない。王都に行けば、どうしても避《さ》けられない問題がいくつも転がっているのは明白だった。

この角を曲がれば、もうじきアランの……いや、ドミニクの屋敷《やしき》が見えてくる。懐かしい屋敷をこの目で確かめた瞬間《しゅんかん》、アランは思わず息を呑《の》んだ。見覚えのある姿。

「アラン！」

想像よりもずっと老いた父が、屋敷の門前で直々にアランを待っていた。

「よく戻ったな、息子《むすこ》よ」

すぐ書斎《しょさい》に通され、ドミニクとおよそ九年ぶりの再会を果たした。

アランは四人がけの大きなソファに浅く座り、ぐるりと書斎を見回す。

高い天井《てんじょう》とステンドグラスが施《ほどこ》された大きな窓。背の高い本棚《ほんだな》には、歴史や文学、哲学《てつがく》に関する本がぎっしりと並んでいる。アランが以前、ドミニクに読み聞かせてもらった本だ。

家を出た時と全然変わらない風景だった。奥の壁《かべ》には画家に描《えが》かせた肖像画《しょうぞうが》が飾《かざ》られている。日傘《ひがさ》を持ち、はにかむように微笑《ほほえ》む美しい母の絵。その横には軍服を着て泰然《たいぜん》と構える父の絵。アランが少年だった頃の絵もある。オメガだと判明する前、希望に満ちていたあの頃のアランが、絵の中で幸せそうに微笑んでいた。

「まったく、ずいぶん急じゃないか。先ほど手紙を受け取ったんだぞ？」

ドミニクは豪快《ごうかい》に笑い、一人がけのソファに腰《こし》を下ろした。

アランと同じ金色の髪《かみ》は短く切りそろえられ、顎《あご》の鬚《ひげ》にはわずかに白い毛が交じっていた。目尻《めじり》に入った深い皺《しわ》を見て、アランはドミニクと会えなかった長い年月を思う。

ヒル公爵がアランに執着していること、それにライナスとの関係。聞いてほしいことが山ほどあるのに、ドミニクと会えなかった間に深まってしまった溝《みぞ》のせいでうまく言葉が出てこない。

「歓迎《かんげい》の宴《うたげ》の準備もまだできていないのだ。お前の部屋は綺麗《きれい》にしてある。好きに使え」

「い、いえ、私は……すぐにスオ村へ帰る予定ですので、どうぞお気遣《きづか》いなく」

「なんだと？　アラン、お前はここに戻るつもりではないのか？」

落胆《らくたん》したようなドミニクの声が、はっきりとアランの耳に届いた。まるで逃《に》げ出した少年時代に戻ってしまったかのように、アランの声が詰《つ》まる。

どうかしていたのだ。ことごとく判断力が落ちている。父を勘違《かんちが》いさせるつもりはなかった。

アランは手紙の一行目にそのことを書き記しておくべきだったと、深く後悔《こうかい》して頭《こうべ》を垂れた。

「父上、申し訳ありませんが、王都へは戻りません」

「ではなぜ帰ってきた」

「それは……」

「まさか、ライナスか？」

ふいに図星を突《つ》かれ、動揺《どうよう》が言葉に表れる。

「い、いいえ、違います」

父の前でライナスへの想《おも》いを認めたら、心が崩《くず》れ落ちてしまいそうだった。アランは胸中を覗《のぞ》かせまいと、ドミニクの強いまなざしから視線を逸《そ》らす。

「私は……あの男がどうしているか、ほんの少し気になっただけです」

まるで子供のような言い訳だ。これ以上繕《つくろ》いようがなくなったアランは、意を決してドミニクに問いかけた。

「ライナスは、元気にしていますか？」

「ああ、心配ない。騎士寮《きしりよう》へ戻り、何かに取り憑《つ》かれたように稽古《けいこ》を続けている」

取り憑かれたように、という表現は別として、アランはドミニクの言葉にほっと胸をなで下ろした。ライナスが王都でがんばっているのなら、何も言うことはない。

「あの寄宿舎での事件以来、お前が王都に来るのは初めてだろう。以前のお前では考えられなかった」

自分でも驚《おどろ》いていた。ライナスに会いたいという気持ちだけで、アランは二度と来ないと決意していた王都に、こうして来たのだから。

「いったい、お前たちの間に何があったんだ。ライナスに聞いても、あいつは一切《いっさい》しゃべろうとしない」

もしかしたら、ライナスはアランのことをまだ怒《おこ》っているのではないだろうか。それとも、もうアランのことなどさっさと忘れて、別の誰かへの忠誠を誓《ちか》っているのかもしれない。

ライナスのことを思えば思うほど、胸に火が点《つ》いたように恋《こ》い焦《こ》がれてしまう。

「アラン、よく聞け。私もいい歳《とし》だ。騎士団もそのうち引退する」

ドミニクは太い親指と人差し指で、目頭《めがしら》を強く揉《も》んだ。その仕草には疲《つか》れが色濃《いろこ》く滲《にじ》んでいる。

もし自分がオメガでなければ、このような顔をさせずに済んだのだろうか。アランがライナスのように強く逞《たくま》しいアルファだったのなら。

「お前はオメガだ。他の性に比べて力も弱く、年に何度もヒートを起こす。自分の力だけで生きていくのは無理だ」

カッと頬《ほお》に熱が集まる。

「一刻も早く、アルファと番《つが》え」

「わ、私は……誰とも番いません」

絞《しぼ》り出すようにアランは言った。針で刺《さ》されたように、ひどく胸が苦しい。

「ばかを言うな。ライナスを心配するぐらいだ。お前のアルファ嫌《ぎら》いもようやく治ったのだろう？」

「そ、それは……」

「いい機会だ。一週間後、騎士団主催《しゅさい》の剣術《けんじゅつ》大会が開かれる」

剣術大会のことはアランも知っていた。広く開かれた大会で、騎士団だけではなく、貴族であればどんな人間でも参加することが可能だった。

「その大会で優勝したアルファを、お前と番わせることに決めた」

「な、なんですって……？」

アランの動揺を無視して、ドミニクは意気揚々《いきようよう》と話を続けた。

「安心しろ、アラン。お前を守るためにも、私が誰よりも強いアルファを見つけてやる」

遠い昔、アランが強い男が好きだと言っていたのを覚えていたらしい。ドミニクは騎士団の剣術大会で最終的に勝った者をアランの番《つがい》にするつもりのようだった。

ドミニクに悪気がないのはわかっている。けれど、これではまるでアランを景品扱《あつか》いしているようではないか。

「……わ、私は物じゃない」

自分がアルファであれば、もっと違う選択肢《せんたくし》があったのだと思うと、アランはオメガであることに、改めて怒《いか》りと悲しみを覚えた。

「何を言っているんだ、お前は」

「私は物じゃないと言ったんです！」

「そんなことを言っている場合ではないだろう！　お前は未《いま》だに己《おのれ》の立場をわかっていない！　オメガなのだぞ、お前は！」

気づけば、胸に秘《ひ》めていた気持ちが、どっと堰《せき》を切ったようにあふれていた。

「た、たしかに私はオメガです……けれど、あなたがアルファの騎士を城に寄越《よこ》すたび、どんな気持ちになったかわかりますか？　私は……自分がどんどん惨《みじ》めになって、なんの役にも立たないガラクタになっていくのを感じた！」

「な、何を言う……！　私はお前を心配して――！」

「そんなことはわかっています！」

スオ村で村人たちに見守ってほしいと言ってくれたのは、ほかでもないドミニクだった。アランの身を案じてくれたことも知っている。

「だけど、……そうじゃない。理解するということと受け入れることは違う……！　あなたが本当の意味で、私を受け入れてくれたことなど、一度もなかった！」

この数年、心の奥底でずっとアランは待っていたのだ。ドミニクが城にやってきて、ありのままの自分を抱《だ》きしめてくれることを。

「ならば、いったい私はどうすればよかったのだ！　お前は私が城へ迎《むか》えに行った時、自分が何をしでかしたかわかっているのか！」

肩《かた》が忙《せわ》しなく上がる。口から勝手に浅い息が漏《も》れる。

自分が父に何をしでかしたか……？

ドミニクが城に来ていたのは、アランが心神喪失《そうしつ》状態だった最初の一年だったはずだ。自分の記憶《きおく》を辿《たど》ってみても答えは見つからなかった。

「まさか、何も覚えていないというのか……？」

「わ、わかりません……私は……」

悲しみにあふれたドミニクの目が、アランを非難していた。何をしたというのか、たったひとりの肉親に。

アランはあの頃《ころ》の自分が恐《おそ》ろしくなり、強く唇《くちびる》を噛《か》み締《し》めた。

「とにかく、大会で優勝したアルファと番ってもらう。……散々私に逆らってきたのだからな。今度こそ逃げることは許さないぞ。肝《きも》に銘《めい》じろ、アラン」

「そ、そんな……」

もはや反抗《はんこう》する力は残っていなかった。何も言えないアランを一瞥《いちべつ》し、ドミニクは「いいか、ゴードン。アランを部屋から一歩も出すなよ」と命じて部屋を出て行った。


剣術大会は一週間後に開かれた。アランはその間、まるで塔《とう》に閉じ込められた姫《ひめ》のように、屋敷《やしき》から外出することも許されず、今日という日を迎えた。

どれだけドミニクに抗議しても、アランの言葉には耳を貸してくれなかった。互《たが》いに意地になっていて、事態がどんどん拗《こじ》れている。

大会が行われるのは、王都に作られた騎士団用の闘技場《とうぎじょう》だ。アランが幼い頃、ドミニクにねだって何度も連れてきてもらった思い出の場所だった。自分がアルファだと信じ切っていたあの頃のアランには、到底《とうてい》想像できない形でアランは久しぶりに闘技場に足を踏《ふ》み入れた。

ドミニクに連れられ、アランとゴードンは闘技場を見渡《みわた》せる高い場所から勇ましい彼らの戦いを見ていた。

大会はすでに始まっており、四方から剣がぶつかり合う甲高《かんだか》い音と観客たちの歓声《かんせい》が聞こえていた。アランはとても見ていられず、椅子《いす》にもたれかかって深いため息を吐《つ》いた。

大会で優勝した騎士《きし》がアランと番えるという噂《うわさ》は、瞬《また》く間に広まった。その噂を聞きつけ、例年よりも多く参加者が殺到したらしい。どの男が優勝しようと、どうせ優秀《ゆうしゅう》なアルファを産みさえすれば、アランはお払《はら》い箱だ。

ただ一目ライナスに会いたかっただけなのに、これから自分はどうなってしまうのか。考えただけで胃がキリキリと痛み出すようだった。

「アラン様！　み、見てください！　ライナス様ですよね、あれ！」

しばらくしてゴードンに肩を揺《ゆ》さぶられ、アランははっとして体を起こした。

ゴードンが指差した方向に見覚えのある男が立っていた。

「ど、どうしてライナスが……」

幻《まぼろし》じゃない、あれは紛《まぎ》れもなくライナスだ。

今すぐ駆《か》け寄りたい衝動《しょうどう》を必死に押し殺し、アランは身を乗り出した。ライナスは闘技用の剣を握《にぎ》り、同じぐらいの背丈《せたけ》の騎士と戦っている。

――騎士寮《りょう》へ戻《もど》り、何かに取り憑かれたように稽古《けいこ》を続けている。

ドミニクの言葉を裏付けるように、ライナスの戦い方は勇ましかった。彼の額から、そして髪《かみ》から、汗《あせ》が飛び散る様子がここからでも見て取れる。城で鍛練《たんれん》をしているのは多く目にしてきたが、実際に誰《だれ》かを相手にして剣を振《ふ》るう姿を見るのは初めてだった。

圧倒的《あっとうてき》なバランス感覚と剣の技術。これほどの剣技を身につけるまで、いったいどれほどの努力を重ねてきたのだろうか。

今や、彼はアランの騎士ではない。けれど、アランは胸に込み上げる誇《ほこ》らしさを消し去ることはできなかった。

一見、がむしゃらに思える剣筋は、的確に相手の弱点を突《つ》いている。徐々《じょじょ》に相手は下がっていき、最終的に相手の手から剣が落ちた。

ライナスはそれを見下ろしながら、肩で息をしていた。ゆっくりとライナスが振り返る。その瞬間《しゅんかん》、ライナスと目が合ったように思えて、アランは体を強張《こわば》らせた。

ライナスはアランから目を逸《そ》らさなかった。まるで何かに怒《おこ》っていることを、全身で伝えるかのように。

どれだけ見つめ合っていたのか、ライナスは次の対戦相手のほうへと進んで行ってしまった。熱い視線から逃《のが》れたアランは、へなへなとその場にしゃがみ込む。

「な、何を考えているんだ、あいつは……」

まさかライナスも剣術大会に参加していたなんて……。指先がかすかに震《ふる》え出す。

もしかしたらライナスも、ドミニクと同じようにオメガを景品だと思っているのかもしれない。それとも、クビにしたことを今も怒っていて、アランに当てつけているのか……。そんな人間じゃないとわかっているのに、アランは疑心暗鬼《ぎしんあんき》になるのを止められなかった。

その後もライナスは次々と対戦相手を蹴散《けち》らしていった。彼が何を考えているのか、アランにはさっぱりわからない。わかるのは、彼が並々ならぬ決意で挑《いど》んでいるということだけだ。真剣《しんけん》な彼の表情に心を摑《つか》まれ、いつしかアランはライナスの気持ちが知りたくてたまらなくなっていた。

「アラン様、もう最終決戦ですよ⁉　ラ、ライナス様が戦うのは、騎士団で一位の腕前《うでまえ》を持つアルファらしいんです！　だ、大丈夫《だいじょうぶ》なんですかね、ライナス様は……⁉」

心配そうにしているゴードンの言葉すら、右から左へ流れていった。剣術大会は最終決戦まで進み、炎天下《えんてんか》の闘技場の真ん中には、ライナスともう一人の屈強《くっきょう》な騎士だけが立っている。

初夏の太陽は高くのぼり、時折生暖かい風が吹《ふ》いていた。シャツの下にじっとりと汗をかく。

ライナスは相手を鋭《するど》い視線で見据《みす》えると、金属音をさせながら剣を鞘《さや》から引き抜《ぬ》いた。続いて、対戦相手も剣を抜く。

初心者が持つ木剣でも鉄剣でもない、実戦用の刃《は》が研《と》がれた剣だ。鋭い刃がギラリと光り、恐ろしさが込み上げる。

一瞬の沈黙《ちんもく》の後、ふたりの刃が交差した。相手の実力はすぐにわかった。ライナスが緊張《きんちょう》して剣を振るうのに対し、彼は至って気楽にその攻撃《こうげき》を受けている。その顔には余裕《よゆう》の笑《え》みさえ浮《う》かんでいた。

ライナスが果敢《かかん》に前へ出る。砂埃《すなぼこり》が舞《ま》い、荒々《あらあら》しい剣の音が鳴り響《ひび》く。

ライナスの動きはすべて読まれているようだった。相手は衝撃をうまく利用し、ライナスの苦手なところに剣を流している。

ライナスの剣は素人目《しろうとめ》にも完成形に近い、卓越《たくえつ》したものだった。だがそれ以上に相手の剣術は群を抜いていた。途中《とちゅう》から騎士団を目指したライナスとは違《ちが》い、幼い頃から最上級の教育を受け、経験を積んできたのだろう。それに騎士団で幾度《いくど》も手合わせしているはずだ。ライナスの手の内を、相手は知り尽《つ》くしているに違いない。

長い長い打ち合いが始まった。

ゴードンが危惧《きぐ》していたように、ライナスの上をいく存在が彼なのだ。

近くで勝負を見ている騎士団員たちは、もうどちらが勝つかわかっているようだった。その中にはライナスを慕《した》っている若手の騎士もいるようで、まるでありえない奇跡《きせき》を祈《いの》るかのように息を呑《の》んで戦いを見守っている。

時間がたつにつれ、ライナスの疲労《ひろう》は顕著《けんちょ》になっていった。大量の汗が流れ、息も荒くなっている。

相手はそんなライナスの様子に満足したのか、受け流すような剣さばきを止め、攻撃に転じた。豪快《ごうかい》な一撃が、体勢を整える間もなく次々にライナスを襲《おそ》う。力も、速さも、どれをとっても相手が一枚上手だった。

カキィンという一段と甲高い音が鳴り響き、次の瞬間、ライナスの手から剣が弾《はじ》かれていた。

だめだ、そんな。

アランは反射的に一歩踏み出し、ライナスに向かって叫《さけ》ぶ。

「ライナス、危ないっ！」

素早《すばや》く土の上で回転したライナスは、落ちた剣を拾い、相手からの攻撃を防いだ。ドッ、ドッ、とアランの心臓が早鐘《はやがね》を打っている。ライナスが剣を拾っていなかったら、相手の剣が一直線にライナスの腕を突き刺《さ》していただろう。

このままでは負けてしまう。ライナスは一歩、また一歩と追い詰《つ》められていく。

息が弾《はず》む。目の奥が熱い。

――私の騎士だ、私だけの……。

耳の奥で血管が脈打っていた。衝動的に拳《こぶし》を握り、アランは叫ばずにはいられなかった。

「何をやっている！　ライナス、勝て！　負けるなんて、この私が絶対に許さない！」

驚《おどろ》きに打たれたように、ライナスの目が見開いた。

すべてを忘れ、アランはただライナスを応援《おうえん》していた。今だけは難しいことを抜きにして、ライナスが勝つことのみを願っている。

相手の攻撃を受けたライナスが、ぎりぎりのところで剣を受け止めている。そして、土にまみれた顔で相手を見据えたまま、挑戦的《ちょうせん》に笑い返していた。

「我が主の仰《おお》せのままに」

もはや、ライナスにはなんの迷いも見受けられなかった。ライナスは緊張から解き放たれたように、鋭い太刀筋《たちすじ》で相手を追い詰めていく。

スピードの上がったライナスの攻撃に、相手の騎士は明らかな動揺《どうよう》を見せた。冷静に敵の動きを読み、ライナスは容赦《ようしゃ》ない攻撃を幾度も仕掛《しか》ける。

目にも留まらぬ打ち合いだった。また砂埃が巻き上がり、彼らの姿を隠《かく》す。

息を呑んで、アランは待った。鋼《はがね》がぶつかり合う音が大きく鳴り響き、やがて静寂《せいじゃく》が訪《おとず》れる。

砂埃が静まった先に、見えた景色。

尻餅《しりもち》をついた騎士の腕には血が滲《にじ》み、横には剣が転がっていた。

血が滴《したた》る剣を手に持ち、ライナスがアランを振り向く。全身に鳥肌《とりはだ》が立った。

固唾《かたず》を呑んで成り行きを見守っていた観衆たちが、わぁっと歓声《かんせい》を上げる。アランは射るようにこちらを見据えているライナスの瞳《ひとみ》から、ずっと目が離《はな》せないでいた。

大会も終わり、観客も帰っていった。ライナスが勝ったことに、ほっとしている場合ではない。アランは冷静さを取り戻し、ライナスに対する怒《いか》りを積もらせていった。ライナスが何を

考えているのか、本人の口からはっきりと聞かなければ納得《なっとく》がいかない。

闘技場《とうぎ》のホールまで降りると、ライナスは多くの騎士たちに囲まれ、賞賛の声を浴びていた。今や正式にライナスは、騎士団の中で一番の男になったのだ。

「ライナス！」

アランが呼ぶと、男はアランが来るのをわかっていたと言わんばかりに、すぐにこちらへやって来た。そして少しだけ戸惑《とまど》ったように目を伏《ふ》せる。

「あなたは俺の顔なんて、二度と見たくなかったんじゃないですか」

「……なんだと？　今、お前はなんと言った？」

一言一句聞こえていたが、アランはあえて不機嫌《ふきげん》な顔でそう問いかけた。ライナスは唇《くちびる》を尖《とが》らせて子供のようにうつむく。

「……アラン様は俺に、返事のひとつもくれなかった」

口をぽかんと開けたアランは、しばらく絶句して何も言葉にできなかった。伏せられた長い睫毛《まつげ》の影《かげ》が、彼の頬《ほお》に落ちている。

この男は一筋縄《ひとすじなわ》ではいかない。それがなんと難儀《なんぎ》で、なんと……愛《いと》おしく思えるのか。

アランは目眩《めまい》のようなものを感じて、眉間《みけん》を指先で押さえた。深呼吸をし、うるさく響く心臓の鼓動《こどう》から意識を逸らす。

久しぶりにライナスの香辛料《こうしんりょう》のようなアルファの匂《にお》いを感じたせいか、夢と現実の境目が曖《あい》味《まい》になってしまう。

たこのできた荒《あ》れた手、触《ふ》れたら柔《やわ》らかい彼の黒髪《くろかみ》。今、この手を伸《の》ばしてその感触《かんしょく》を味わえたら、どれだけ幸せな気持ちになれるのだろう。

「アラン様……どうしてそんなに痩《や》せてしまったのですか。ちゃんと食べていますか？」

「そ、そんな話をしにきたのではない！」

ライナスのことを考えて食事も喉《のど》を通らなかった。そう言えばいいというのか。アランは己《おのれ》が愚《おろ》かなことを口走る前に、ライナスをきつく睨《にら》みつけた。

「いったいどういうことか説明をしろ！　どうしてお前まで剣術大会に出たんだ！　番《つがい》の話は父上から聞いていたのだろう！」

ライナスが口を開きかけた、その時――。

「まだアランに付きまとっているのか、ライナス」

優美な低い声が、ふたりの鼓膜《こまく》を揺《ゆ》らす。アランは自分の体からすうっと血の気が引くのを感じた。鈍《にぶ》っていた警戒《けいかい》本能が目を覚まし、全身が小さくわななく。

「ヒ、ヒル公爵《こうしゃく》、どうしてこちらに……」

「水くさいじゃないか、アラン。こんなに楽しいイベントなら私もぜひ参加してみたかった」

ヒル公爵が、またライナスを貶《おとし》めようとして、どんな手を使ってくるかわからない。ライナスを巻き込むわけにはいかず、アランはただ黙《だま》ることしかできなかった。

を進める。

「そう怖《こわ》い顔をするな、ライナス」

ライナスのきつい眼光をまともに受けたヒル公爵は、くすくすと笑ってアランのほうへ歩みを進める。

「優勝おめでとう。だが、私のアランは渡《わた》さないがな」

その上品な笑《え》みに隠された執着《しゅうちゃく》心を思い、アランはぶるりと体を震《ふる》わせた。

「この際だ、お前にはっきりと言おう。アランを追いかけるのはやめてもらえないか。お前の知られたくない事実を、私が陛下に暴露《ばくろ》してやってもいいのだぞ？　ライナスは貴族にたてつくような、陛下にとっての危険人物だと。いかに心の広い陛下でもお怒りになるだろう、騎士《きし》としての爵位を取り上げて、お前の故郷にお捨てになるやもしれんな」

「お、お止めください、ヒル公爵！　この男には関係がないことです！」

忘れかけていた残酷《ざんこく》な未来が、またアランの前に突《つ》きつけられる。

「わ、私ができることであれば、なんでもいたします。この男だけは……見逃《みのが》してやってください。ませんか？」

「アラン、君は優《やさ》しいな。だが、わからせてやらねば。彼の存在が君にとってどれほど危険なのかを。ライナス、よく考えてみろ。せっかく優勝までできたんだ、またドブネズミのような生活には戻《もど》りたくないだろう？」

ヒル公爵は感情のない目でライナスを見つめた。ライナスはすべてを察したように、体中から怒りの感情を吐《は》き出していた。

「……アンタはそうやって俺を使って、アラン様を脅《おど》していたんだな」

「今さらだ。いつぞやの言葉が聞いて呆《あき》れる。たしか『俺は人より少し勘《かん》が鋭《するど》い』だったな？」

少しも動じないヒル公爵は、青ざめたライナスの姿を嘲笑《あざわら》う。

「騎士としての地位も、爵位も、そんなものはどうでもいい！　俺にとって大切なのはアラン様だけだ！」

まっすぐなライナスの言葉が、これ以上ないくらい胸に響《ひび》いた。……けれど、だめだ。ライナスの誠実さを感じるほどに、アランの気持ちは固まっていく。

「本当に子供だな、お前は。アランはそう思っていないようだが？」

ライナスはゆっくりとアランを振《ふ》り向いた。黒い瞳の奥に混じる深い藍色《あいいろ》。嘘偽《うそいつわ》りのないその目に見つめられるのが辛《つら》くて、アランは目を伏せた。

「私と一緒《いっしょ》に来るんだ、アラン。別荘《べっそう》の準備はすでにしてある。ふたりだけで過ごそう。誰《だれ》にも邪魔《じゃま》されないところで」

ライナスを守るためには、やはり一緒にいてはいけない。アランはヒル公爵に向けてうなずいた後、力なく微笑《ほほえ》んでライナスに言った。

「ここでお別れだ、ライナス」

「アラン様、俺は——！」

ライナスと過ごした短くも濃厚《のうこう》な日々は、甘く、痛く、激しく、アランにとってまさに嵐《あらし》のようだった。

アランは思い出す。ライナスが最初にアランに跪《ひざまず》いた瞬間《しゅんかん》、ヒートになったアランに薬を口移しで飲ませてくれた時、土砂降《どしゃぶ》りの中で一緒にまずい野草を食べた時、そしてライナスが正式にアランの騎士になった時。今までのライナスの姿がいくつも蘇《よみがえ》り、鼻の奥がツンと痛んだ。

「お前はいい騎士だ。私はお前に出会えたことを誇《ほこ》りに思う。……そうだな、少しは笑顔を見せたほうがいいだろう。そうすれば部下もついてくる。あとは嘘も覚えろ。お前はいつも正直すぎるのだ。それから、体には気を付けて……それから――」

「アラン」

アランの言葉を制し、ヒル公爵が冷たい声でアランを呼ぶ。

「はい、ヒル公爵」

ヒル公爵のもとへ行こうとしたアランの手首を、ライナスが力強く引き寄せる。その筋肉は張《は》り詰《つ》め、怒りに満ちていた。

「……だ、だめだ。放せ。放してくれ、ライナス」

「しつこいぞ、お前のくだらない騎士ごっこは終わりだ！」

これ以上、ヒル公爵を怒《おこ》らせるわけにはいかなかった。どれだけ逃れようとしても、ライナスは手を放さない。

「俺を信じてください、アラン様」

小さな囁《ささや》きが鼓膜を擽《くすぐ》る。アランははっとして、動きを止めた。

「アラン様から手を引け」

「まだ言う――」

「アンタはベータだ」

一瞬の沈黙《ちんもく》。言葉の意味を理解したアランは、ぎょっとしてライナスを見上げた。

「なんだと……？」

同じような顔をして、ヒル公爵もライナスを見つめている。

「俺にとってバース性はただの記号だ。だから、アンタがどんなバース性でもどうでもいいと思っていた。でももし、これ以上アラン様を陥《おとしい》れるというなら、黙ってはいられない」

「デタラメだ……その口を今すぐ閉じろ！」

「アンタのアルファの匂いは作られたまがい物だ。大方、金を積んで香水屋《こうすい》に作らせたものだろう。それにあの晩餐会《ばんさん》の夜、アルファの貴族全員が、男も女も関係なくアラン様のヒートの影響《えいきょう》を受けていた。だが、アンタだけは影響を受けていなかった。アンタはたしかにスープを飲んだし、ヒートも起こしていないからオメガではない。即《すなわ》ち、アンタはベータだ」

アランは堂々と前を向くライナスから視線を移し、ヒル公爵を見据《みす》えた。彼からは先ほどまでの余裕《よゆう》は微塵《みじん》も感じられない。その顔にあるのは、驚愕《きょうがく》と恐怖《きょうふ》だけだ。

一気に形勢が逆転したのを感じ取る。青ざめた覇気《はき》のない声で、ヒル公爵はライナスに問う。

「……何が望みだ」

「アラン様に二度と近寄るな。今後一切《いっさい》の接触《せっしょく》を許さない」

もはや彼に選択《せんたく》の余地はなかった。

「……よかろう」

ただ一言。そうつぶやくと、ヒル公爵はくるりと背中を向けて歩き出した。

アランはヒル公爵の背中を見ながら、彼の人生について思いを馳《は》せた。貴族でありながらもベータとして生まれたヒル公爵。きっと彼は、アランと同様、長い間誰にも言えない秘密を心の中に閉じ込めていたのだろう。だからこそ、同じようにバース性を隠《かく》していたアランに執着し続けた。

アランには、ライナスがいた。だがもし、彼にそのような相手がいなかったのだとしたら。

「お待ちください、ヒル公爵！」

アランの呼び声に、ヒル公爵がゆるりと振り返る。ライナスはアランのそばにぴったりと立ち、ヒル公爵を睨みつけていた。

オメガだけじゃない、アルファにも、ベータにも、生きていれば平等に悩《なや》み苦しむことが降りかかる。だって、それが人生じゃないか。

「あなたの秘密は口外しません。どうぞご安心を」

　ヒル公爵は無言で去ろうとしていた。アランはその寂《さび》しそうな背中に声を張り上げる。

「私はオメガです！　どんなに抗《あらが》おうとも、ヒートはくるし、力も弱い。一生制限のある暮らしを送ります！　それでも——」

　今となれば、そのすべてが愛《いと》おしい。

「私は生まれてからずっと完璧《かんぺき》だった！　……ヒル公爵《こうしゃく》、おそらくあなたも！」

　息が弾《はず》む。どれだけアランが叫《さけ》ぼうと、ヒル公爵は最後まで立ち止まらなかった。

　ヒル公爵にアランの言葉が届くとは思っていない。けれど、きちんと言葉にしたかったのだ。

　ライナスがアランに教えてくれたこと。ありのままの姿で、生きていいのだと。


　その夜、騒《さわ》がしいお祝いの雰囲気《ふんいき》の中、アランたちはドミニクからたくさんの料理や酒を振る舞《ま》われた。騎士団の若手や、ドミニクの友人らが駆《か》けつけ、ライナスの勝利を盛大《せいだい》に祝っている。

　食堂に響く華《はな》やかなヴァイオリンの演奏。それから、次々に飛び交《か》うライナスを賞賛する声。

　結局、どうしてライナスが剣術《けんじゅつ》大会に参加したのか、アランは聞きそびれてしまった。そわそわとライナスのことを見つめていると、ドミニクが隣《となり》に座り、エールの入った杯《さかずき》をアランに握《にぎ》らせる。

「飲め、アラン」

　本当は番《つがい》について話したかったが、何を言えばいいのかわからず、アランはほんの少しだけ問題を先延ばしにして、エールを呷《あお》った。一口飲めば、麦芽《ばくが》の複雑でフルーティーな香《かお》りが、微炭酸《びたんさん》と共に喉《のど》を通り過ぎていく。緊張《きんちょう》で喉が渇《かわ》いていたらしい。アランは一気に飲み干し、空の杯をテーブルに置いた。

「聞いたぞ……ヒル公爵に言い寄られていたのだな」

　生真面目《きまじめ》な様子でドミニクが話しかけてくる。ドミニクの杯には、まだたっぷりとエールが残っていた。

　アランはすぐにゴードンの姿を捜《さが》した。ライナスが言うはずがないし、自分も話した覚えがない。ゴードンはヴァイオリンの演奏を聴《き》きながら、楽しげに体を動かしている。

「ゴードンを責めるなよ。私が吐《は》かせたのだ」

「……わかっております」

　彼が執事《しつじ》となってから、どれほどアランに心を砕《くだ》いてくれたのか、アラン自身よく知っていた。ライナスと再び会えたのも、言うなれば彼のお陰《かげ》だ。

「どうしてもっと早く私に相談しなかったのだ」

「……も、申し訳ありません」

「過ぎたことはもういい。お前は心配するな。私がヒル公爵と話し合おう」

アランはゴードンにも告げていなかった事実を思い出した。数時間前、アランたちがヒル公爵と交わした秘密の会話のことを。

「そのことですが、実は……ライナスのおかげですべて解決しました」

「ライナスのおかげだと……？」

「はい」

従者に手を上げ、アランはエールのおかわりをふたつ頼《たの》んだ。数歩先には、若い騎士《きし》たちがライナスに剣の技術を教えてもらいたくて、必死に話しかけている様子が覗《うかが》える。ライナスはそのひとつひとつに、仏頂面《ぶっちょうづら》ながらも誠実に答えていた。

「あの男は不思議な男です」

——あなたは、誰《だれ》よりも優《やさ》しくて、俺にとって、特別。

いつかのライナスの言葉が、胸を締《し》めつける。

「ああ。あいつならやってくれると思っていたが、想像以上にいい仕事をしてくれたようだ」

「ええ、そうでしょう。まんまと私の『アルファ嫌《ぎら》い』も矯正《きょうせい》されましたから」

アランの言葉に、おかわりを飲んでいたドミニクがエールを噴《ふ》き出した。

「おい、アラン。私にその意図があったことは否定しないが、決してお前を陥れようとしたわけではないんだぞ」

「もちろんわかっています、父上」

テーブルにあった布巾《ふきん》でドミニクの汚《よご》れたズボンを拭《ふ》く。少しだけ戸惑《とまど》いながら今度こそ番についで話そうとすると、ドミニクが口火を切った。

「アルファの番の件だが……お前を物のように扱《あつか》って悪かった。どうしてもお前を守りたくて、意固地になってしまった。先ほど、ライナスにもひどく怒《おこ》られた」

「……ラ、ライナスが？」

あれだけドミニクを慕《した》っていたライナスがそんなことをするとは、とても信じられない。

「だがな、私はやはり、お前はアルファと番《つが》うことが最善だと思っている。今すぐじゃなくていい、ゆっくり考えてみろ」

アランはライナスの真意がどこにあるのか切なく思いつつ、しっかりとうなずいた。

「わかりました、父上。いずれ、きちんと私の答えをお伝えします」

「ああ、頼んだぞ、息子《むすこ》よ」

ふたりで笑い合い、また少しだけ心の距離《きょり》が近くなった気がした。

「私のほうこそ……この前は生意気なことを申し上げてすみませんでした」

「いいや、構わん」

はっきりとしたその声色《こわいろ》に、アランは救われた。

「寄宿舎での事件があった時、お前は混乱していた。よくよく考えてみれば、覚えていないのも無理はない」

「……教えて頂けますか？　あの頃《ころ》、私が……何をしたのか」

ドミニクは深くうなずいた。

「王都から飛び出し、お前はスオ村に向かった。私はすぐさまお前を追いかけた」

アランは自室に逃《に》げ込み、説得しようとするドミニクにこう言ったのだ。

——私に触《さわ》るな！　あなたもアルファだ！　顔も見たくない！　アルファの顔なんて一生見たくない！

ドミニクから聞かされた言葉を、やはりアランは覚えていなかった。一人息子から拒否《きょひ》されたドミニクの心情を思うと、アランの心は今さらながらぎりぎりと痛む。

「粘《ねば》り強くお前を説得しようとした。だが、それがさらにお前を意固地にさせてしまった。……お前は短剣を持ち出し、衝動《しょうどう》的に傷つけたのだ」

「も、もしや、父上を……！」

「いいや。私ではない」

「ならば、誰を……」

「自分を、傷つけたのだ。幸い命に別状はなかったが、私は恐《おそ》ろしくなり、それ以降会いに行くのをやめた。アルファである私のせいで、お前を死なせてしまうと感じたからだ」

年齢《ねんれい》的にも、そして精神的にも幼かったアランは、己《おのれ》の感情を制御《せいぎょ》できずにいた。今ならばわかる。ドミニクの苦労も、大切な人が自分のせいで傷ついてしまうことに対する恐れも。

「一年がたち、お前は城を出られるようになった。スオ村での働きぶりを村人から聞いて、本当に誇《ほこ》りに思ったぞ。……そして私は、お前のアルファ嫌いさえ治れば、また会えるのではないかと希望を持った」

城へ来たアルファの騎士を、幾度《いくど》となく追い返してきた。彼らの顔などもう覚えていない。

「……あなたは失望したでしょう？　私がオメガだから……父上のような、アルファの騎士になれなかったから……。父上も母上もきっと、ライナスのような息子が欲しくて――」

身を切られるような思いが込み上げ、それ以上言葉を紡《つむ》げなかった。アランは唇《くちびる》を嚙《か》み締め、子供のようにはらはらと涙《なみだ》を流す。

「なんだそれは……お前はそんなことを考えていたのか？」

ドミニクの目には、狼狽《ろうばい》の色がありありと見えた。大きなドミニクの手がアランの肩《かた》をぐいっと引き寄せる。

「すまなかった。私は伝える努力が足りなかったようだ……。それに、お前をもっと信じるべきだった。オメガで何が悪い。どんな姿のお前も愛している。アラン、お前は私の――いや、私たちの誇りだ」

涙が止めどなくあふれる。

まるで雪解けのように、体の中で凝《こ》り固まっていた何かがさらさらと流れていく感覚がした。それはアランが作り上げた心の壁《かべ》だったのかもしれない。

「……アラン、さぞやお前は騎士になりたかっただろう」

未練がないとは言い切れない。ライナスのように屈強《くっきょう》な体で、自由に剣を振《ふ》りかざせたら……ライナスと肩を並べ、騎士団で互《たが》いの剣技を磨《みが》き合うことができたら……。

「いいんです。私は今のままで十分幸せです」

人よりも軟弱《なんじゃく》なこの体を愛すると決めた。できないことに目を向けるより、大切なものが今のアランには見える。

「ドミニク様」

ライナスの声が聞こえ、アランはシャツの袖《そで》で急いで涙を拭《ぬぐ》った。ライナスのほうを向けないアランの耳に、氷の刃《やいば》のように鋭《するど》く、怒《いか》りに満ちた声が届く。

「……アラン様に何をおっしゃったのですか」

すぐにライナスが勘違《かんちが》いしていることがわかった。慌《あわ》ててアランは否定しようとしたが、その前にドミニクが面白《おもしろ》がって言葉をかける。

「おいおい怖《こわ》い顔だな、ライナス」

「いくらドミニク様でも、アラン様を傷つけることは許しません」

「……また怒られてしまったな。私と決闘《けっとう》でもするか、ライナス」

にやりと聞くドミニクに、アランはぎょっとした。

「事と次第《しだい》によっては」

そしてさらに、ライナスの好戦的な態度に度肝《どぎも》を抜かれたのだ。先ほどドミニクが怒られたと言っていたのは、嘘《うそ》ではなかったようだ。それでもアランは、にわかには信じがたかった。まさか海よりも深い忠誠心を持つライナスが、ドミニクに反抗《はんこう》するとは。それも、アランが泣いているというだけで――。

自分に都合のいい妄想《もうそう》ばかりが脳裏《のうり》を過《よぎ》る。言うまでもなく、この男に大切にされている。アランは己の頬《ほお》がじわじわと赤くなっていくのを感じた。けれど、本当のライナスの気持ちは未《いま》だわからないままだ。アランはライナスが自分をどう思っているのか知りたくて、それでも真実を知るのが怖くてたまらなかった。

勘違いしてはだめだ。ライナスの忠誠心は、アランへの恋心《こいごころ》とは違うのだから。

「その調子でアランを頼むぞ、ライナス」

豪快《ごうかい》に笑ったドミニクが、アランの肩を軽く叩《たた》いて席を立つ。ドミニクが客人の中に消えていくのを見守った後、ライナスは真剣《しんけん》な表情をしてアランを見つめる。

「アラン様、ふたりきりで話したいことがあります」

「……話とはなんだ」

ライナスを自室に招き入れ、アランは若干緊張《じゃっかんきんちょう》した声で聞いた。

念のため、従者には明日の朝まで人払《ひとばら》いを命じてある。

おそらくライナスの話というのは、アランの番《つがい》のことだと当たりをつけていた。剣術大会の間、危《あや》うくライナスを疑いそうになったが、先ほども彼はヒル公爵《こうしゃく》からアランを守ってくれた。やはり、ライナスはどこまでも誠実な男なのだ。きっと剣術大会に出たのも、アランが誰《だれ》かと強制的に番わされるのを阻止《そし》するためだったのだろう。もしライナスがそのような話をしたら、アランは彼に心から礼を言うつもりだった。

「アラン様」

蠟燭《ろうそく》の明かりに照らされた彼の顔は、ひどく切羽《せっぱ》詰まっているように見えた。

「俺をアラン様の見せかけの番にしてください」

鼓膜《こまく》を揺《ゆ》らしたのは、アランが想像していたものとはまったく違う台詞《せりふ》だった。

「な、なんだと？」

ライナスの意図が分からず、アランは戸惑った。目の前の男が言い放った言葉を、頭の中で繰《く》り返す。

見せかけの番？　この男はいったい何を考えているのだ。

「……は、話が見えない。最初から説明しろ」

こめかみを押さえてアランが眉間《みけん》の皺《しわ》を深くすると、ライナスは意を決したように、じりじりとアランのそばに近づいてくる。

「初めて会った時、俺はあなたの美しさに目を奪《うば》われました。どんなに俺に対して辛辣《しんらつ》なことを言っていても、城の人たちや村のみなさんへの優《やさ》しさが窺《うかが》えた。俺はあなたのそんな凛《りん》とした姿に少しずつ惹《ひ》かれていきました。そしてあの日……あなたがヒル公爵の城でヒートを起こした時、本当ならば、ベータであるゴードンさんが一緒《いっしょ》にいるべきでした。でも、俺は、他《ほか》の誰かがあなたのそばにいるのが許せなかった」

唐突《とうとつ》に語り始めたライナスに、アランはさらに困惑《こんわく》の色を濃《こ》くした。最初から説明しろと言ったのはアランだが、これではまるで……。

「アラン様に別れを告げられてから……俺はあなたからの手紙を毎日待ち、考え続けました。そして、やっと理解した。あなたに騎士《きし》として信用してもらえなかったのは、俺が弱かったせいだ」

違う、そうじゃない。お前は何もわかっていない。

「もっと、もっと強くなります。だから、どうか」

ライナスはゆっくりと跪《ひざまず》いて、アランを見上げた。

「俺を、もう一度あなたの騎士にしてください。あなたのそばにいさせてください」

まるで心臓が羽ばたいていくようだった。ライナスの黒い瞳《ひとみ》に射貫《いぬ》かれ、身動きひとつとれない。

「俺は、あなたが好きです」

心臓がうるさい。血液が体を駆《か》け抜けていく。

「だからこそ、アラン様の気持ちを踏《ふ》みにじるような行為《こうい》はしたくないんです。アラン様は以前、誰とも番う気はないとおっしゃっていました。俺はあなたの意思を尊重したい。でも、番ってほしいというドミニク様のお気持ちもわかります……だから、俺があなたの見せかけの番になります」

アランはその時、様々な思いに心を乱されていた。ライナスが自分を好きだと言ってくれたのは嬉《うれ》しい。しかし、彼の提案は、アランの望みとは真逆だった。

デカンタの上にのせられたグラスを取り出す。アランは湧《わ》き上がる負の感情を律しながら、そこへウィスキーを入れた。

「見せかけ……。つまり、お前は偽物《にせもの》で構わないということか？　一生、私に触《ふ》れられなくてもいいと」

グラスを持ち、床《ゆか》に膝《ひざ》をついているライナスを振り返る。

「……はい」

「あいにくだが断る」

ライナスははっとしたように息を呑《の》んだ。

「アルファ嫌《ぎら》いはもう完治した。あまり乗り気ではないが、探せばいくらでもいい縁談《えんだん》があるだろう。私は本物がほしい。お前の言う、見せかけではなく」

アランはウィスキーをぐぐっと呷《あお》った。灼《や》けるようなアルコールが、喉《のど》を通り過ぎていく。

「ライナス、お前が私を好きだというのは、私への同情心ではないのか？　トラウマ持ちの可《か》哀想《わいそう》なオメガを放《ほう》っておけないだけで、実は私のことはどうでもいいのだろう。だから見せかけでいいなどと、愚《おろ》かなことが言えるのだ」

もう一度ウィスキーを飲もうとしたアランの右手を、立ち上がったライナスが強く制する。

「違う！」

「……じゃあなんなんだ！」

「あなたを他の人間にとられたくない！」

摑《つか》まれた右手を引き寄せられ、アランはライナスの胸に倒《たお》れ込んだ。手に持っていたグラスが、絨毯《じゅうたん》の上に落ちる。硬《かた》い胸板《むないた》、鍛《きた》えられた太い腕《うで》。それに、男らしいライナスの匂《にお》いをより一層強く感じる。

「お願いです、アラン様……俺以外のアルファと番わないでください」

ライナスはまるで押し込められていた本音があふれるように言った。

「本当は俺だけがあなたに触れたい！　あなたのことを誰にも渡《わた》したくない！」

肺が軋《きし》むほど強く抱《だ》き締《し》められ、アランは泣きたくなった。沈痛《ちんつう》な面持《おもも》ちをしているライナスの頬に手を這《は》わせる。

「……最初からそう言え、ばか者」

驚《おどろ》いているライナスの唇《くちびる》に、性急に唇を重ね合わせた。わずかな時間唇を押しつけた後、アランはライナスに告げる。

「私も、お前が好きだ」

長い沈黙《ちんもく》が流れた。ライナスは信じられないというような表情を浮《う》かべている。

「ほ、本当に……？」

「ああ」

「……俺を、好き？」

「ああ」

「それは……俺があなたに触れてもいいということですか？」

「ああ」

「あの、キスも……そ、その先も」

アランの頬とライナスの耳が、同じ速度で赤らんでいく。

「だからそうだと言っているだろう！」

アランは形ばかりの咳払《せきばら》いをし、赤い頬のままライナスを見上げた。

「ひとりで生きていくのだと思っていた。けれど、お前と出会って私は変わった。お前がいい。お前じゃなきゃ嫌《いや》なんだ。……私と番ってくれ、ライナス」

感極《かんきわ》まったように目尻《めじり》を赤くしたライナスが、小さくつぶやく。

「はい、アラン様」

ライナスの首に手を回した。

「口づけを」

もちろん、騎士としてではなく、恋人《こいびと》として。慌《あわ》ててそう付け加えようとしたが、そんなの杞憂《きゆう》だった。ライナスは追い詰《つ》められたような瞳《ひとみ》をして、まるで大型犬のごとくアランに飛びかかってきた。その勢いに押されアランはテーブルの上に押しやられる。

薄《うす》く開いたアランの唇をこじ開けるようにして、ライナスの舌が口蓋《こうがい》をなぞった。

「ぁっ……んッ……ラ、イナス……」

口移しで薬を与《あた》えられた時、そして騎士としてのキスを交《か》わした時、そのどれとも違う、えらく余裕《よゆう》のないキスだった。

呼吸すら忘れ、激しい雨のごとく降り注ぐライナスの口づけに、夢中になって応《こた》え続ける。触れ合う舌の熱があまりに心地《ここち》よくて、アランの脳はとろとろに溶《と》けてしまいそうだった。

でも、まだ足りない。もっと近づきたい。もっともっと。

ライナスの背にぎゅっと手を回す。何度も何度も、ライナスに名前を呼ばれた。魂《たましい》ごとひとつになりたいのに、肉体のせいでままならない。もどかしさが愛《いと》しさを加速させ、幾度《いくど》もアランはライナスの舌に己《おのれ》の舌を絡《から》めた。

ライナスがアランの両手を掴み、テーブルの上で馬乗りになる。我《われ》を忘れているのか、テーブルに押しつけたまま、激しいキスを続けた。

キスの合間に、うわごとのようなニアトスの言葉が耳に届く。相変わらず意味は理解できないのに、アランは内側から湧き起こる熱い思いで胸がいっぱいになった。

硬く反り立った屹立《きつりつ》が、服越《ご》しにアランの太ももへと押し付けられる。官能の気配に、ぞくっと肌《はだ》が粟立《あわだ》った。やがてライナスはアランの唇から顎《あご》のラインをたどり、敏感《びんかん》になった首筋に唇をあてがうと、きつく吸い上げる。

「……や、ぁっ」

ビクッとアランの体が反応した。その拍子《ひょうし》に絡めたふたりの手が、何かにぶつかって大きな音を立てる。倒れたのは羽根ペンを入れた鉄製の入れ物だった。

床《ゆか》とテーブルに無残に散らばった羽根ペンを見て、ライナスは正気に戻《もど》ったようだった。アランから距離《きょり》をとり、即座《そくざ》にアランの腰《こし》を抱いて丁寧《ていねい》に床へと下ろす。

「す、すみません！　気持ちが先走ってしまって！　……アラン様、お怪我《けが》はないですか？」

「大丈夫《だいじょうぶ》だ」

心臓がドキドキと鳴っている。もっとキスをしてほしかった。離《はな》れてしまった体がさみしい。でも言葉にはできない。

長らく忘れていた甘酸《あまず》っぱい思いが胸を締めつける。

まるで初めて甘やかな行為をする少年のように、アランはどうしていいのかわからなくなっていた。

「本当にすみません。こんなに理性が利《き》かないのは初めてです」

「いや、ライナス……私は」

「この先は、きちんとドミニク様にご挨拶《あいさつ》をし、許可を得てから進めさせてください」

聞き捨てならない男の言葉に、思い切り眉間《みけん》に皺《しわ》を寄せる。

「何をばかなことを言っているんだ、お前は」

この期《ご》に及《およ》んで、親の許可だと？

まさか、この男は親に許可を取らないと番《つが》えないという、まったくもって古くさい風習を信じているのか。

険しい顔をしたアランに気圧《けお》されたのか、ライナスは言い訳めいた言葉をつぶやく。

「先走ったことは謝ります。俺はアラン様を何よりも大切にした――」

アランは生真面目《きまじめ》な男の胸ぐらを摑み、嚙《か》みつくようなキスをした。ライナスが目を丸くして固まる。

これまでこの男がお付き合いをしてきた令嬢《れいじょう》のように、ただ時が来るのをお行儀《ぎょうぎ》よく待つことなんてアランにはできやしない。

「ごちゃごちゃうるさい。いいから今すぐ私を抱け」

ライナスの呼吸が速まる。

「……本当にいいんですね？」

つばを飲み込む音が生々しく響《ひび》いたが、はたしてそれはどちらのものだっただろうか。


まるで夢を見ているかのように、うっとりとライナスがつぶやく。

「とても綺麗《きれい》です……アラン様」

アランはライナスに抱き上げられ、自室の天蓋《てんがい》がついたベッドに寝《ね》かされていた。丁寧に服を脱《ぬ》がされ、アランの透《す》き通るような白い肌を隠《かく》すものは何もない。

「気持ちいいですか？　ここは好き？」

ライナスの太くて長い指が、アランの胸の飾《かざ》りを軽く弾《はじ》いた。体が震《ふる》え、自分の中で何かが砕《くだ》け散ってしまいそうな感じがする。

「……んぅ、……やっ」

「嫌、ですか？」

アランの反応を見て、手をどかそうとしたライナスの背中に、アランは強くしがみついた。

「……ちが、う、……ばか……好き、好きだからっ……」

知性の欠片《かけら》もない声が、己の口から漏《も》れるのが信じられない。嫌《きら》われるのが怖《こわ》くてライナスを見やると、彼は「よかった」と嬉《うれ》しそうに微笑《ほほえ》み、すくい上げるようにキスをしてきた。

「ここを、舐《な》めても構いませんか？」

真面目な男がいちいち許可を取ってくる。こちらがどれだけ恥《は》ずかしいかわかっているのだろうか。恨《うら》めしい思いで睨《にら》みつけると、ライナスは「舐めたい……だめですか？」とまた律儀《りちぎ》に聞いてくる。

「あなたが嫌なら、我慢《がまん》します」

そう問いかける間も乳輪を焦《じ》れるような速度で撫《な》でられ、アランは結局、「いいから、早くしろ」と催促《さいそく》してしまった。

熱い息が、アランの肌にかかる。期待と高揚《こうよう》でどうにかなってしまいそうだ。ざら、とライナスの生温かい舌に、右の乳首《ちくび》を舐め取られる。その間も片方の手は、アランの左側の突起《とっき》に触《ふ》れていて、頭の中で火花が散るようだった。

片方の突起を舌で潰《つぶ》され、歯で甘噛みされる。もう片方は指先でコリコリと捻《ひね》られ、時に強く摘《つま》まれる。ライナスが触れるひとつひとつの神経が、快楽に支配されていった。

「……っ、ぁあ！」

両方の胸の頂に与えられた快感が、一気に腰まで駆《か》け降りてくる。ただ胸を弄られているだけなのに、こんなにも気持ちよくてしょうがない。これ以上されたら、どうなってしまうかわからない。

「気持ちいいですか？」

「……だから、聞くな、……やっ、あっ」

「教えてください。知りたいんです、アラン様のことを」

欲望のたぎったまなざしを与えられ、体の芯《しん》が震えた。アランはライナスの唾液《だえき》でつやめいた唇《くちびる》を、ゆっくりと動かす。

「気持ち、いい……はぁ……っ」

「どんな風に？」

甘くて低い、ライナスの声。普段《ふだん》は反抗《はんこう》する言葉にも、アランはまるで催眠術《さいみん》にかけられたみたいに抗《あらが》えなかった。

「……舐められると、……こ、腰がジンジンして……つねられると……背筋が、ぞくぞくする……んぅ……」

「なんてかわいい人なんだ……」

また執拗《しつよう》なキスに責め立てられ、甘い疼《うず》きから逃《に》げるようにアランは腰を浮《う》かせた。

シルクのシーツをぎゅっと握《にぎ》る。部屋の中はじっとりと湿《しめ》った空気が流れていた。食堂ではまだ晩餐《ばんさん》が続いているのだろう。楽しげな笑い声がかすかに聞こえてくる。アランがライナスに触れられ、こんなにも喘《あえ》いでいることを誰《だれ》も知らない。知っているのは、目の前の男だけだ。

腹をつたい、今度はライナスの手が、内ももを辿《たど》る。アランはその手を押さえ、いやいやと首を振《ふ》った。

「私だけじゃ、なくて……お前の体にも……触れたい」

未《いま》だ白いシャツと黒い長ズボンをきっちりとまとっている男の腹に、アランは手を伸《の》ばす。硬《かた》い筋肉の層に触れた途端《とたん》、その手をライナスに制された。

「だめです、アラン様」

「……どうして」

唇を尖《とが》らせてアランが聞く。

「少しでもあなたに触れられたら……出て、しまいます」

羞恥《しゅうち》に染まりつぶやく青年の姿は、とても愛おしかった。アランがくすりと笑うと、不満に思ったのか、ライナスは少しばかり鋭《するど》い視線を投げかけてくる。

「俺は真剣《しんけん》です、アラン様」

「わかっている。ばかにしたわけじゃない。私はただ……嬉しいんだ」

ライナスがアランの影響《えいきょう》を受けて、欲望をかき立てられていることが。

「たまには私にも奉仕《ほうし》させろ」

「ア、アラン様」

「だめだ、動くな。主の命令だ」

ライナスの動きがぴたりと止まる。長ズボンのフックを外し、窮屈《きゅうくつ》そうにしていたライナスの屹立《きつりつ》を解放した。すると、想像以上のものがぶるりと顔を出す。先端《せんたん》に蜜《みつ》をにじませたライナスの性器は赤黒く充血《じゅうけつ》し、太い血管が浮き出ていた。

「大きいな……」

思わず出たアランの言葉に、ライナスの顔が赤く染まる。アランは絹糸のような金色の髪《かみ》を耳にかけ、その先端に舌を這《は》わせた。

「ア、アラン様っ！」

ライナスに髪をぐっと摑《つか》まれたが、痛みを与《あた》えるのをためらっているのか、すぐに力が弱まる。どうしていいのかわからない様子で、アランの髪に指を滑《すべ》り込ませ、じっと耐《た》えている。

先走りの苦い蜜が、舐めても舐めてもとろとろとあふれ出てきていた。濃厚《のうこう》なアルファの匂《にお》いがする。アランの持つ子宮が、ライナスを求めて疼いているのがわかる。体中が熱くて灼《や》けそうだ。

わざとらしく音を立てて全体を吸うと、ライナスが力なく言葉を放つ。

「……待って、ください。お、俺には刺激《しげき》が、強すぎます、アラン様」

「そうか、それはよかった。ぜひ楽しんでくれ」

口に含《ふく》みながら言い、目だけで笑ってみせる。アランはさらに舌を絡《から》めながら、両手を使って扱《しご》いていった。

ライナスは快感を逃《のが》すように、幾度《いくど》もくぐもった声を漏らした。脈打っている首筋からも、じっとりと汗《あせ》ばんだ額からも、血管を浮き上がらせて勃《た》ち上がる屹立からも、高ぶっていく様子が手に取るようにわかる。

愛《いと》しい。さらに深く、アランのすべてで快楽を与えてあげたい。

喉奥《のどおく》まで性器を咥《くわ》え込むと、ライナスはビクッと肩《かた》を揺《ゆ》らし、切羽詰《せっぱつ》まったように叫《さけ》び声を上げた。

「だ……だめです。アラン様……！　ほんとうに、だめだ……！」

アランはライナスの制止も聞かず、舌《せ》で攻め続けた。ライナスのそこは限界まで高ぶり、張り詰めている。

「……っ、アラ、ン様……そんな……。……もう、無理だっ……で、出るから、離《はな》して、ください……！」

そしてついに、アランの奉仕によって、白濁《はくだく》とした液が口の中に放たれた。びくびくと口腔《こうこう》でうねるそれが愛おしくて、アランは青臭《あおくさ》い精液を一滴《いってき》も零《こぼ》さぬよう、こくりと飲み込む。

「の、飲んではだめです！」

「遅《おそ》い。いまさらだ」

舌を出して、唇についていた精液もぺろりと舐め取った。

「……味はまずまずだな。行為《こうい》自体は気に入った」

照れ臭さを隠《かく》し、そう言って口角を上げると、ライナスが強く抱《だ》き締《し》めてくる。

「あなたは……どうしてこんな……。本当に申し訳ありません。アラン様の口を穢《けが》してしまいました」

「私が好きでやったことだ。……それより、一度出したのに、お前のモノは全然萎《な》えていないのだな」

あれだけ放出したのに、ライナスのそこはまだ天井《てんじょう》を向いて勃ち上がっている。アランは顔に出さなかったが、それが嬉しくてたまらなかった。

「あ、当たり前です！　あなたのそんな姿を見ていたら、誰だってこうなります！」

頬《ほお》を染め、むっとしたように言った男は、自らシャツを脱《ぬ》ぎ捨てた。そして、アランの細い腰《こし》を掴《つか》んで、自分の膝《ひざ》に乗せる。膝裏に手を入れられ、有無《うむ》を言わさず脚《あし》を開かされたアランは、動揺《どうよう》を隠しきれなかった。

「……な、なんだこの恰好《かっこう》は」

「今度は俺に奉仕をさせてください」

耳たぶに口づけながら、ライナスが囁《ささや》く。その優《やさ》しい声色《こわいろ》とは裏腹に、硬く反り立った屹立をアランの背中に押し付けられ、ドクンと心臓が高鳴った。

「ぁ……あぁっ……」

先ほどまであった戸惑《とまど》いも遠慮《えんりょ》もなく、ライナスはアランの硬くなった性器を大きな手で丁《てい》寧《ねい》に扱いた。「だめだ」と言っても、「俺もそう言いました」と悪い顔をして止めてはくれない。

自分の高ぶりが、ライナスに触《ふ》れられてびくびくと悦《よろこ》んでいるのを感じる。

前への刺激だけでも精一杯《せいいっぱい》だったのに、今度はアランの小さな窄《すぼ》まりに指が侵入《しんにゅう》してくる。こういう時に限ってお伺《うかが》いを立ててこないのだ。

「アラン様のここ、とろとろですごく熱い……」

言われるまでもなくわかっていた。今やアランの愛液は太ももを汚《よご》し、シーツにまでだらだらと垂れている。羞恥に襲《おそ》われ、まぶたを閉じた。視界がなくなると、ライナスの指の動きを以前よりも敏感《びんかん》に感じ取ってしまう。それにぴちゃぴちゃといやらしく指に絡まる音さえも。

「あぁ、甘い匂いがする……」

後ろから覆《おお》い被《かぶ》さるようにしてうなじを舐《な》めながら、ライナスが獣《けもの》のように唸《うな》る。

「手も、舌も、足りない。……ぜんぶ、ぜんぶ、触《さわ》って舐めてたしかめたいのに」

「ばか、を……言うなっ……あぁ！」

ライナスの指先が官能の埋《う》まるポイントをゆるやかに押し上げた。うなじに感じるライナスの歯、ペニスを扱く大きな手のひら、後孔《こうこう》をなまめかしく動く太くて長い指。

「あ、あ、……っ、そ、そんなっ、ライナス……いっぺんに……本当に、だめ……ぁっ」

「それも言いました、アラン様」

容赦《ようしゃ》なく指が増やされ、まるで性交のように抜《ぬ》き差しされる。アランはもう自我を保っていられなかった。

「あっ、あ、あぁ……！」

一瞬《いっしゅん》、世界が真っ白になったかと思うと、アランはライナスの手も、シーツも、さらに汚してしまっていた。

果物のような甘い香《かお》りが辺りに漂《ただよ》っている。オメガ特有の匂いを嗅《か》ぎ、ライナスが嬉《うれ》しそうに微笑《ほほえ》む。

「なんていい匂いなんだろう……。俺は幸せです、アラン様」

「……そうか、それはよかったな」

悪態をつくアランの顎《あご》先を摑んで向きを変えると、ライナスが唇《くちびる》を重ねてくる。ふたりは長い間、甘いキスを交《か》わした。ライナスのようにはいかないが、アランの屹立はそれでも半分勃ち上がっている。まだ終わらせたくない。もっと奥のほうでライナスと繋《つな》がりたい。

「アラン様、お尻《しり》を突《つ》き出して、こちらに背を向けてもらえますか？」

ライナスらしくないあけすけな物言いに、アランは絶句した。

「な……」

「あの、そういう趣味《しゅみ》なのではなくて、いや、興奮するのはたしかなのですが……う、後ろからのほうが負担が少ないと聞きました。……アラン様がおっしゃったように、俺のはアルファの中でも大きいので……」

アランは言われた通り、うつ伏《ぶ》せて、汚れたシーツの上で腰を掲《かか》げた。自分から見せつけているような恰好に、羞恥《しゅうち》と期待が絡み合い、頰が一層ジンジンと熱くなる。

羽交《はが》い締《じ》めにされるようにライナスの体が被さったその時——あってはならないことが起きた。

何本もの手がアランの体に触れた気がした。ここはどこだ？　寄宿舎？　私はいったい誰《だれ》に触られている？

「——いやだっ！」

ライナスの体がビクリと止まる。

上手《うま》くいっていたはずだった。あともう少しでライナスと体を繋げることができたのに。

アランはその刹那《せつな》、過去の亡霊《ぼうれい》に囚《とら》われ、ライナスの体を押しのけてしまっていた。驚《おどろ》いた顔が目の前にあり、はっと我《われ》に返る。

「……す、すまない、ライナス……ほ、本当に……すまない」

なんてことをしてしまったのだろう。アランはどうしていいのかわからず、体を縮ませた。

不安の波が押し寄せてくる。ふっきれたと思っていたのに、心と体はいつだってちぐはぐだ。

「いいんです、アラン様」

すぐにライナスが抱き締めてくれたが、震《ふる》えは止まらなかった。襲われかけたあの日に戻《もど》ってしまったみたいに、ガタガタと膝が震える。

「……な、何も考えたくないんだ……何も……。でも、あの日の私が邪魔《じゃま》をする……。本当にすまない……」

「謝らないでください」

アランの戸惑いを察したのか、ライナスが心配そうに顔を覗《のぞ》き込んでくる。

「俺はあなたが嫌《いや》がることはしたくない。今すぐじゃなくていいんです」

アランはまるで無防備に、ぶんぶんと首を横に振《ふ》った。ライナスが欲しいという純粋《じゅんすい》で単純な気持ちが、改めてせり上がってくる。

「お前ならいい……！　ぜんぶ……お前にになら許す……！」

「……アラン様」

「考えさせないでくれ、ライナス。お前しか考えられないくらい……私をめちゃくちゃに――」

鼻の奥がツンと痛み、その先は言えなかった。ライナスはアランの気持ちをわかってくれたのか、心底愛《いと》しそうな瞳《ひとみ》でアランの両頬を摑《つか》む。

「はい、アラン様」

互《たが》いの顔をしっかりと見つめ合いながら、抱き合った。口づけは長く、念入りに。ライナスの手が、舌が、アランの心も体も開き始める。

アランは腰の奥が欲望と快感に満たされていくのを感じながら、ひとつひとつ確かめて、ライナスの体に触れた。上質な革《かわ》のように手触《てざわ》りがいい胸筋、板のように硬《かた》い腹筋、美しい形を

した臍《へそ》。くすぐったいのか、時折微笑むライナスから目を離《はな》せない。

「……お前は、ライナスだ」

私が愛した男。私の騎士《きし》。

「はい、アラン様」

子供のようなアランの言葉もばかにせず、ライナスは真面目《まじめ》に答える。アランは納得《なっとく》し、心から安堵《あんど》した。怖《こわ》がることは何もない。もう影《かげ》には怯《おび》えない。

「お前がほしい……」

アランがライナスの耳に囁くと、待ち望んだ場所に、ライナスの硬いものが入ってきた。大きな苦しみと痛みは一瞬で、すぐに官能的な陶酔《とうすい》に溺《おぼ》れる。

「あぁっ……！」

そこからは転がるように体を繋げた。座ったままの体勢で腰を突き上げられると、あっという間に幻《まぼろし》が消え去っていく。

ライナスしか見えない。ライナスしか感じない。

「ライナス……ライナス……」

「俺はここです、アラン様」

両手をしっかりと握《にぎ》り合うと、ひとりじゃないと強く実感する。口づけを繰《く》り返し、ライナスは下から何度も突き上げてくる。

「ぁっ……あっ、あっ、……気持ち、いい、……」

「……本当に？」

「ほんと……だ……ぁぁっ……」

ライナスは言葉にしなかったが、その顔を見ているだけで快感をちゃんと感じてくれているのがわかる。

激しい抽挿《ちゅうそう》に体が悦びを感じた。突かれ、擦《こす》られ、出たり、入ったりを繰り返す。

この体に流れるオメガの血が愛おしい。ライナスを求めて脈打つこの体で、この心で、ひとつになれたことが何よりも嬉しかった。

「好き、……好きだ、ライナス……」

「俺も……愛しています、アラン様」

ライナスの汗《あせ》ばんだ首筋に顔を埋めた。

「噛《か》め……うなじを噛んでくれ、ライナス。お願いだ……」

ライナスは一度、若い獣のように低く唸ると、アランの真っ白な首筋に鋭《するど》く歯を立てて噛みついた。


数え切れないほど体を繋げ、朝方になってから短い眠《ねむ》りについた。

部屋の外では、屋敷《やしき》の使用人たちが起きて、忙《せわ》しなく働いていることだろう。人払《ひとばら》いを命じて正解だった。おそらく昼過ぎまで、誰もここには立ち入らないだろう。空気を読めないゴードンでさえ、きっと。

アランは先に目覚めていた。ライナスに腕枕《うでまくら》をされ、腰の辺りには彼の重い腕がだらりと乗っている。

明るい日差しに照らされた、ライナスの夜色の髪《かみ》。案外見た目よりも柔《やわ》らかなその髪に触《ふ》れ、感触《かんしょく》を楽しむ。それから、高い鼻筋をじっと見て、飽《あ》きた頃《ころ》に伏《ふ》せられた長い睫毛《まつげ》を見た。出会った時には怒《いか》りでわからなかったが、この男は本当に美しい造形をしている。

ライナスと番《つが》ったという実感が、一夜明けてアランの胸を満たしていた。

昨夜、アランはライナスとの激しくも甘い時間を過ごし、新たな発見を繰り返した。快感の限界に達すると、眉間《みけん》に寄るライナスの皺《しわ》、それからふいに出る故郷の言葉。

ふと彼がなんと言っているのか知りたくなった。仕事の合間に、ニアトスの言語を習得するのもいいだろう。ほんの少し先の未来を思い描《えが》き、アランの胸は高鳴る。

ライナスが身じろぎ、アランは咄嗟《とっさ》に瞳を閉じた。耳に意識を集中させ、ライナスの様子を探《さぐ》る。

まずはアランの後頭部にキスが降りてきた。次はおでこ、鼻、そして唇《くちびる》。数回、アランの髪を梳《す》いたライナスは、ゆっくりとアランの首元から逞《たくま》しい腕を引いた。さみしさがどっと押し寄せる。彼はもう起きるつもりなのだ。

「だめだ、行くな……」

アランの甘えん坊《ぼう》のスイッチが押されたようだった。ライナスから一時も離れたくない。ベッドから降りようとしたライナスの手首を掴み、半ば強引《ごういん》に引き寄せる。驚いた様子のライナスは、眉《まゆ》をひそめながら「起きていらしたのですね」と小さくつぶやく。

「……そんな顔をするな。自分でもわかっている。鬱陶《うっとう》しいのだろう、ライナス。……私だって昨夜まではこのようなことになるつもりはなかった」

ライナスは神妙《しんみょう》な面持《おもも》ちで、アランをまっすぐに見つめる。

「いいえ、アラン様。鬱陶しいとは思いません」

「ならば、この眉間の皺はなんだ」

身を起こし、裸《はだか》のままライナスの体に乗り上げた。眉間に人差し指を這《は》わすと、ますます強《こわ》張《ば》った顔をしてライナスが言う。

「これは……あなたが愛し過ぎて、胸が苦しいだけです」

どうやら本気で言っているらしい。

愛しさが込み上げる。ばかなことを言う男の唇に、そっと触れるだけのキスをした。後ろ髪を引かれながら唇を離すと、ライナスの瞳から、ぽろりと涙《なみだ》が零《こぼ》れ落ちる。

「ど、どうした……どうして泣くんだ……」

アランは狼狽《ろうばい》し、ライナスの涙を指先で拭《ぬぐ》った。その手をライナスが包み込むようにして握る。

「俺も、ひとりで生きていくのだと思っていました。……愛なんて全然わからなかった……。ドミニク様に恩返しすることだけが人生の目的だったんです。いつ死んでも構わなかった。でも、あなたに会ってすべてが変わった。あなたを思うと、生きる喜びに満たされます。あなたが好きです……。好きなんです。どうすれば俺の思いを正確に伝えられますか？　どの言葉も、あなたに捧《ささ》げようとした途端《とたん》、つまらないものになってしまう」

内臓ごと揺《ゆ》さぶられたかのように、アランは痛みを覚え、言葉を失った。自分でも正体のわからない感情が、体中からあふれてどこかに行きたがっている。

「ばかを言うな。全然つまらなくない。……私は、……その、とても嬉《うれ》しい」

アランはやっとのことで口を開き、ライナスの手をぎゅっと握り返した。

ライナスがくれる言葉なら、なんだって嬉しい。どうしたらそう伝えられるのだろう。

アランもライナスと同じような苦悩《くのう》に襲《おそ》われ、心が乱されていた。

「ありがとうございます、アラン様。俺は……人生をかけて、伝え続けます。どれだけあなたが愛おしいか。どれだけあなたに恋《こ》い焦《こ》がれているか」

アランはこくりとうなずいた。それならば、アランにもできるだろう。一生かけて、この気持ちをこの男に思い知らせてやるのだ。

視線が合い、どちらからともなく唇を重ねた。小鳥が啄《ついば》むようだったキスはだんだんと激しさを増して深まっていく。

どれだけそうしていたのか、ゆっくりと唇を離した。

「朝から元気だな、こいつは」

存在を主張しているライナスの分身を撫《な》でると、彼はぴくりと肩《かた》を揺らす。

「私はこいつが気に入った。それはもう、とても」

未《いま》だにライナスが体の中に入っている感覚が抜《ぬ》けない。アランは昨夜の出来事を思い出し、うっすらと頬《ほお》に笑《え》みを浮《う》かべた。ライナスは何が不服なのか、拗《す》ねたようにアランの手を強く握ってくる。

「……俺よりも、ですか」

「まさか自分の体に嫉妬《しっと》しているのか？」

「……それは、アラン様が、気に入ったというから……」

だんだんと小さくなる声。堪《こら》えきれずにけらけらと笑い声を上げたアランを、ライナスはベッドに押し倒《たお》した。

「ますます衰《おとろ》えを知らぬようだな」

押しつけられた下肢《かし》に、アランだって期待している。心臓がトクトクと鳴る。脳が甘く痺《しび》れるようなキスを交《か》わした後、ライナスは少年のように言った。

「……あなたの中に、もう一度俺を受け入れてくれますか？」

アランの答えはもう決まっている。


これはいったいなんの時間だ。アランは拷問《ごうもん》のような状況《じょうきょう》を見やり、深いため息を吐《つ》かずにはいられなかった。

「大変申し訳ありませんでした。ドミニク様」

深く頭を下げているライナス。その正面のソファにドミニクは座り、ライナスの後頭部を一瞥《いちべつ》する。

その日の夕餉《ゆうげ》の後。アランは改めてドミニクに、ふたりの関係について許しを得ようとしていた。大会で優勝したからではない。ライナスを愛しているから番うのだと。

しかし、予定どおりに事は進まず、何もかも馬鹿《ばか》正直な男によってすべて公表されてしまったのだ。

「そうか。つまりお前は、私から了承《りょうしょう》も得ずに、アランに手を出したということだな？」

片眉を上げたドミニクに、ライナスは心苦しさを隠《かく》さぬ様子でうなずいた。

「おっしゃるとおりです」

「……いや、待ってください。違《ちが》います、父上。私がライナスを誘《さそ》って——」

「ドミニク様、罪は俺にあります！　俺に罰《ばつ》を与《あた》えてください！」

アランが説明しようとしているのに、ライナスがしゃしゃり出てくる。

そもそも親の許可が必要だという、古くさい風習自体がばかげている。自分の人生は自分で決めるものだ。今のアランは、何もできずにスオ村に逃《に》げ出したあの少年の頃の自分ではないのだから。

「ライナス、黙《だま》れ！　お前がしゃべると話がややこしくなる！　下がっていろ！」

「アラン様、それはできません。すべてはアラン様の魅力《みりょく》に抗《あらが》えなかった俺が悪いのですから」

聞き捨てならないライナスの台詞《せりふ》に、アランの眉がぴくりと上がる。

「ほう……つまり、お前にとってこの私を抱《だ》いたことは過《あやま》ちだったと？」

「ち、違います！　それはそれは幸せな夜でした！　あなたを腕《うで》に抱いた時の悦《よろこ》びは、どんな言葉を使っても表現しきれません！」

アランは怒《いか》りにまかせ、ライナスの胸《むな》ぐらを掴《つか》んで声を荒《あら》らげた。

「だったら、大人しくしておけ！　私は自分の意思でお前に抱かれたのだ！」

「それでも俺には、あなたを守る責務がある！」

勢いよく腰《こし》を抱き寄せられ、片手を摑まれる。なんてままならない男だ。その黒い瞳《ひとみ》に見つめられると、何も考えられなくなってしまう。昨夜、ベッドでそうだったように……。

ふたりの視線が濃厚《のうこう》に絡《から》み合った頃《ころ》、ドミニクがごほんと咳払《せきばら》いをした。

「お前たち、ノロケはそこまでにしてもらおうか。なぁ、ゴードン」

カッと頭に血が上り、アランは無理やりライナスから距離《きょり》をとった。

「別にノロケでは……！」

そう弁解しようとしたアランを見て、ゴードンはにやにやと笑みを浮かべる。

「ちょっと胸焼けがしてきました……」

「ゴ、ゴードン、お前ってやつは……！」

「あはは！　なあんて、冗談《じょうだん》ですよ、アラン様！」

ゴードンとドミニクに笑われ、アランは貴族らしからぬ粗暴《そぼう》な動作で、ソファにどかっと座った。最初から懐疑《かいぎ》的ではあったが、どうやらドミニクの様子から察するに、ライナスに罰を与える気はないらしい。

「よかったな、アラン、ライナス。理想が現実になった。大変、喜ばしいことだ」

「ド、ドミニク様……」

ライナスが感極《かんきわ》まったように、ドミニクに跪《ひざまず》く。

「俺を、許して頂けるんですか？」

「もちろん、そうだ。言っただろう、ライナス。その調子でアランを頼《たの》むと」

「……ありがとうございます、ドミニク様！」

慈愛《じあい》に満ちた笑みを浮かべたドミニクを見て、アランははたと冷静になった。もしかするとドミニクは、アランとライナスがこうなることを、ずいぶんと前から見越《みこ》していたのではないだろうか。ライナスはいわば、ドミニクが自らの手で育てあげた誠実なアルファだ。

　ふっと、笑いが込み上げる。たとえそうだとしても問題ない。結局、この結末を望んだのはアラン自身だったのだから。

「私からも礼を言わせてください、父上」

　斜《なな》め前に座っているドミニクに、感謝の意を述べた。その言葉にはたくさんの意味合いが込められていたが、きっとドミニクならわかってくれるはずだろう。

　一度からかうように顎《あご》を逸《そ》らしたドミニクが、興味津々《きょうみしんしん》な様子で問いかけてくる。

「で、結婚式《けっこんしき》はどうする。子供は？　名前も考えねばならぬな。今からわくわくしてきたぞ、アラン！」

「……父上、気が早すぎます。だいたい、子供をもうけるかどうかはふたりの問題です。父上が口を出すことではありません。いい加減父上も、古い考え方を改めて頂かないと」

「ああ、すまんな……そうだったそうだった」

　呆《あき》れてアランが笑うと、部屋の隅《すみ》で様子を窺《うかが》っていた数人のメイドたちもくすくすと声を上げる。

「まだ私たちは番《つが》ったばかりです。今後のことはふたりで話し合って決めます。そうだな、ライナス」

アランはまっすぐに、ままならぬ男を見据《みす》えた。

「はい、アラン様」

精悍《せいかん》な顔つきで、ライナスがつぶやく。アランは片方の口角を上げた。従順で甘美《かんび》な声に騙《だま》されてはいけない。ライナスという男は、アランを守るためなら、いかに危険な道であろうが飛び込んでしまうのだ。そして、もっとも危険なのは、そんなライナスのことを、アランがどうしようもなく愛してしまっているということだ。

「そうだな、それがいい。お前たちふたりなら大丈夫《だいじょうぶ》だろう」

ドミニクは噛《か》み締《し》めるようにそう言い、その後、「ただし」と笑って付け加えた。

「今日のように、胸ぐらを摑んでの話し合いは遠慮《えんりょ》しろよ、アラン」


アランたちはこの二日間、ドミニクの歓迎《かんげい》を受けつつ、王都でとても楽しい日々を過ごした。少年だったあの頃、もう二度と来ないと決めた場所だったが、美しい噴水《ふんすい》がある広場も、華《はな》やかな店が並ぶ通りも、ライナスと一緒《いっしょ》に訪《おとず》れるとまた違った感情に包まれる。灰色だった景色に色を塗《ぬ》っていくように、アランは久しぶりの王都の観光を楽しんだ。

そして本日、アランは王都を旅立つ。

「食べ物は足りているのか？　王都のワインも、もっと持っていったらいいだろう。たしか海外から取り寄せたチーズもあったはずだ、それに紅茶も」

「父上、もう十分です！　それでなくとも馬車に入り切らぬほど、お土産《みやげ》を頂いたのですから」

馬車の中は、ドミニクからもらった食べ物や酒でいっぱいになった。ゴードンと御者《ぎょしゃ》には、荷馬車を引いて先に旅立ってもらった。身軽になったアランとライナスは、ふたりでのんびりと馬に乗り、スオ村に向かう予定だ。

「また来ます。父上も近いうちに遊びに来てください」

「ああ、約束しよう」

ドミニクはアランに身を寄せて、温かな抱擁《ほうよう》をしてくれた。太い腕に抱かれ、懐《なつ》かしい父親の匂《にお》いを肺いっぱいに吸い込む。

失われた九年間を埋《う》めるように、ふたりは長い間そうしていた。ドミニクが抱擁を解くと、それを律儀《りちぎ》に待っていたのか、隣《となり》にいたライナスが神妙《しんみょう》な顔で言う。

「急で申し訳ありませんが、騎士《きし》団のことはドミニク様にお任せします」

「大丈夫だ、何も問題ない。お前はアランを幸せにすることだけ考えろ」

「……ありがとうございます、ドミニク様」

ある程度騎士団で過ごし、頃合いを見計らってスオ村に来てもらうことも考えたが、ライナスの決意は固かった。行かないでくれと乞《こ》う騎士団員に自ら事情を説明し、納得《なっとく》してもらったらしい。ライナスとしても、さみしさが無いと言えば嘘《うそ》になるはずだ。それでも彼は、アランとの未来を選んでくれた。

ドミニクと別れ、アランたちはさっそくスオ村を目指し、二人乗りで馬を走らせた。本当はそれぞれが馬に乗って帰るつもりだったが、ライナスが申し出てきたのだ。「すぐ守れるように、どうか近くにいてください」と。

王都から離《はな》れるほど、緑が濃《こ》くなっていく。馬の振動《しんどう》、爽《さわ》やかな森林の匂い。真夏にはまだ届かない初夏の太陽が、アランたちを照らしていた。

「体はキツくないですか、アラン様」

王都を出て少したった頃、アランの体を抱きかかえるようにして手綱《たづな》を持つライナスが、体調を気遣《きづか》って聞いてくる。

「おい、ライナス。まだ一時間もたってないぞ」

アランは過保護なライナスを笑い飛ばした。肩《かた》を揺《ゆ》らしたまま逞《たくま》しい胸に背中を預け、ライナスの肩口に甘える仕草ですりっと頰《ほお》を寄せる。この男の近くでアルファの匂いを嗅《か》いでいると、胸が幸せな思いで満たされる。

「アラン様、俺としては……大変、嬉《うれ》しいのですが……あまり近くに来られると、色々と問題が」

森の日陰《ひかげ》のひんやりとした風が、アランの髪《かみ》を撫《な》でていく。アランは意地悪に笑って、困惑《こんわく》気味の男を見つめた。

「たとえばどんな問題だ？」

「それは……」

ライナスの言いたいことはなんとなくわかっていたが、アランは本人の口から言わせてみたかった。

「……あなたの花のような甘い香《かお》りも、シルクのように滑《なめ》らかな感触《かんしょく》も、ずっと頭の中から離れなくて」

「離れなくて？」

潤《うる》んだ目で見つめる。

「口づけを、したくなります」

思ったとおりの答えが返ってきて、アランは満足気に頬を緩《ゆる》めた。

「ならすればいい」

「……え？」

振《ふ》り返り、腰《こし》を浮《う》かせて、ライナスの唇《くちびる》にキスをした。口腔《こうこう》を貪《むさぼ》った後、ちゅっ、と軽い音を立てて唇を離すと、赤い顔をしたライナスがいつになく慌《あわ》てた様子で言う。

「アラン様、こんな道の真ん中で――！」

「別に、誰《だれ》も見ていないだろう。だいたい道の真ん中と言っても森の中だし……」

「もし、見られていたらどうするんですか！」

「……見られて何か問題があるか？　相変わらず変に真面目《まじめ》な奴《やつ》だな、お前は」

怒《おこ》られる理由がわからない。ライナスも自分と同じ気持ちだと信じていたアランは、へそを曲げて男を睨《にら》みつけた。

「そんなに私のキスがお気に召《め》さなかったか？」

ライナスが仏頂面《ぶっちょうづら》で首を横に振る。

「そうではありません。ただ俺は……あなたが口づけている時の色っぽい姿は……俺だけに見せてほしいんです」

熱っぽい視線に射貫《いぬ》かれ、アランは昨夜も噛まれたうなじにチリチリとした痛みを覚えた。時折、こうしてライナスの燃えるような独占欲《どくせんよく》を見せつけられると、アランはどうしていいのかわからなくなってしまう。

「……まぁ、お前がそう言うのなら、今後気をつけてやらないこともない」

ライナスの胸にぴったりと寄り添《そ》い、ぼそぼそとつぶやく。

「はい。ありがとうございます、アラン様」

ライナスは小さく微笑《ほほえ》むと、アランの細くしなやかな髪を指先で梳《す》いた。その心地よさに、思わずまぶたを震《ふる》わせる。

まったくどうかしている。ライナスを意識せずにはいられない。背中に感じる筋肉の張りも、自分の尻《しり》に寄り添っている、太くて鍛《きた》えあげられた太ももも、今すぐに触《さわ》りたい衝動《しょうどう》に駆《か》られていた。

「二人乗りでなければ、明日の朝には着いたはずだがな。このペースじゃ二日はかかるな」

アランは己が煩悩《ぼんのう》と闘《たたか》う長い時間を思い、苦笑いしながら言った。

「途中《とちゅう》で馬を替《か》えれば、明日着くのも可能ですが……そうしますか？」

「いいや。こうしてお前とふたりきりで旅をするのも悪くない」

嬉しそうに微笑んだライナスは、片手でアランを抱《だ》き締めてきた。

「少し眠《ねむ》っていてください」

「……ああ」

大きな体にさらに深くもたれ、規則正しく鳴っているライナスの心臓の音に耳を澄《す》ませる。

それからどれくらいたったのか、アランはいつの間にか寝《ね》てしまっていた。水の流れる音がして、そっとまぶたを開ける。馬はいつしか森を抜け、川沿いの道を走っていた。見覚えのある景色に、頬が勝手に緩む。

「この川は知ってる。幼い頃《ころ》、父上とよく遊びに来た川だ」

アランは体を起こし、その美しい光景を見つめた。小川の水は澄み切っていて、太陽の光を乱反射し、川面がキラキラと踊《おど》るように輝《かがや》く。

「お前も疲《つか》れただろう。少しだけ休憩《きゅうけい》して行こう、ライナス」

近くにある木に馬を駐《と》め、アランたちは川縁《かわべり》に寄った。鈍色《にびいろ》に光る川底には、大小様々な魚が多く泳いでいる。躍動感《やくどう》あふれる姿に目を奪《うば》われ、アランが好奇心《こうきしん》いっぱいの瞳《ひとみ》でじっと魚たちを目で追っていると、ライナスが笑って声をかけてくる。

「獲《と》りますか？　たき火を起こして焼きましょう」

「いいや、大丈夫《だいじょうぶ》だ。父上のおかげで腹はいっぱいだからな。……そうだ、ライナス。最初に言っておくが、野草はいらないからな」

ふっとライナスの頰が緩み、アランも同じように笑顔《えがお》を返した。

「気持ちのいい日だ」

草の生《お》い茂《しげ》る土手に寝転び、アランは太陽のまぶしさに瞳を閉じた。そよ風が草木を揺らしている。ふいに目の前が暗くなり、ぱっと目を開けた。ライナスがアランへの日差しを遮《さえぎ》るようにして、そばに座っている。

「あなたが好きです、アラン様」

突然《とつぜん》の言葉だった。

「……いきなり、どうした」

「初めて会った時は、あなたがこのような無邪気《むじゃき》さを持ち合わせているとはわからなかった。俺は、勘《かん》がいいほうですが、人の心はわかりません。あなたのこともまだまだ知らないことがたくさんある。でも、それが嬉しいんです。これからあなたのそばで、新しいあなたを知れることに、これ以上ない悦《よろこ》びを感じています」

こうして見つめ合っているだけで胸が苦しい。アランは己《おのれ》を保っていられなくなるのを防ぐため、いつもの嫌《いや》みな笑顔を思い出して顔面に貼《は》り付けた。

「今日のお前は、ずいぶんと能弁だな」

「俺の愛する人が言っていた言葉です。恋人《こいびと》に逃《に》げられないようにするには、四六時中愛を囁《ささや》けと」

アランは思い出していた。オメガであることをみんなの前で告白した日のことを。そして、ワインを飲み過ぎたアランを介抱《かいほう》してくれた、ライナスの困ったような表情も。

——どうすれば恋人に逃げられないか教えてやろうか？　簡単なことだ。四六時中愛を囁けばいい。

「まったく、お前は……あんな酔《よ》っ払《ぱら》いの戯《ざ》れ言を、本気にして……」

寝転んだアランの頬に、ライナスが触《ふ》れてくる。ガラス細工を扱《あつか》うような繊細《せんさい》な仕草に、痛いくらい胸を摑《つか》まれる。

「綺麗《きれい》です、アラン様」

「……それはどうも」

「あなたほど美しくて優《やさ》しい人を見たことがない」

「……そうか、それはよかった」

「あなたはこの世でたったひとりの……俺の特別な番《つがい》です」

「……ああ、そうだろうな」

「城に帰ったら、毎日あなたを悦ばせてあげたい」

「……も、もうわかった、十分だ！」

ライナスの手を振り払い、アランは立ち上がった。体が熱くて、汗《あせ》がだらだら出ている。

「すみません、語彙力《ごい》がなくて……。直球過ぎましたか……？」

いや、そういうことではない！　と、アランは叫《さけ》んでやりたかったが、なんとか言葉を飲み込んだ。

「直球過ぎるのは否《いな》めないが……まぁ、口説き文句としては悪くないだろう」

こんなにも私の鼓動《こどう》を乱してくれたのだから。

「精進《しょうじん》します」

大真面目な様子でライナスが言う。アランはもうお手上げだった。

どれだけ邪険《じゃけん》に扱《あつか》われようが、揺《ゆ》るぎない信念で立ち向かってきた、あの時のライナス。

——俺がアルファの騎士《きし》だということではなく、仕事ぶりで決めてもらえませんか。

たき火の光に照らされた、毅然《きぜん》と冴《さ》え冴えした姿。

——それでも俺は……あなたに信じてもらいたいんです。

アランがオメガであることを告げようとした夜もそばにいてくれた。

——俺はあなたの騎士として、その勇気を誇《ほこ》りに思います。

涙《なみだ》はこぼれ落ちる寸前だった。

思い返せば、最初から今まで、ずっとお手上げだったのだ。どんなに抗《あらが》おうとしても、この男には引き寄せられてしまう。

ライナスがすっと立ち上がり、アランの頬《ほお》にこぼれ落ちる涙を拭《ぬぐ》った。ここが外だろうと、どこだろうと構いやしない。衝動的にライナスの体に抱きつき、アランは涙で濡《ぬ》れた目で懇願《こんがん》した。

「見られてもいい。……いますぐお前とキスがしたい」

わずかな沈黙《ちんもく》の後、永遠とも思える疼《うず》きがふたりの間に生じた。

清廉《せいれん》さと欲望が混じり合った瞳で、ライナスはうなずく。瞳を閉じれば、焦《こ》がれた唇《くちびる》が荒々《あらあら》しく降りてくる。アランたちは夢中になってキスをした。

どこまでも澄んだ青空が、まぶたの裏でちかちかと輝いている。

エピローグ

『私は、ワインが、好き。あなたは、好き？』

ライナスはたどたどしいニアトス語を聞きながら、愛《いと》おしさがいくつも湧《わ》き上がってくるのを感じていた。

真っ白で透《す》き通った肌《はだ》、金色を帯びた美しい瞳と、手入れの行き届いた艶《つや》のある髪《かみ》。誘《さそ》うようにうっすらと開いた唇。ライナスの心を乱し、忠誠を誓《ちか》わせるすべてを、彼は持っている。

『俺は……アラン様が好きなものなら、なんでも好きです』

正直に質問に答えた。アランは納得《なっとく》いかなかったのか、分厚い書籍《しょせき》から視線を上げ、ライナスを睨《にら》みつけてくる。もちろんどんなに睨まれても、まったくライナスの脅威《きょうい》にはならないのだが、それを言うとまた彼が気分を悪くしてしまいそうなので黙《だま》っている。

「おい、なんだその答えは……。真面目《まじめ》にやれ、ライナス」

「真面目にやっています」

単刀直入に応《こた》えたライナスに呆《あき》れた様子で、アランは小さく首を振《ふ》った。その仕草もたまらなくかわいい。

季節は本格的な夏を迎《むか》えた。城の窓はすべて開けられ、ライナスたちが今いる書斎《しょさい》にも開放的な雰囲気《ふんいき》が漂《ただよ》っている。ライナスがスオ村の夏を経験するのは今年が初めてだ。コバルトブルーに光る湖も、王都より過ごしやすい日中の気温も、大変気に入っている。

あれから、ヒル公爵《こうしゃく》は一切《いっさい》アランに関《かか》わらなくなった。もし今後、また彼がアランに近づいてこようとも、ライナスは命に代えてもアランを守るつもりだ。

アランがニアトスの言葉を覚えたいとライナスに言ったのは、ほんの二週間前だった。ライナスは驚《おどろ》いたが、自分の祖国を知ろうとしてくれるアランの気持ちが嬉《うれ》しくてたまらなかった。

ライナスが二つ返事で了承《りょうしょう》すると、アランの行動は早かった。貴重なニアトス語の資料をいくつも取り寄せ、領主代理として忙《いそが》しい日々の中、このように時間を作ってはニアトスの言葉を学んでいるのだ。我が主はなんと勉強熱心なことか。アランと故郷の言葉で話すこの時間は、ライナスにとってもかけがえのないものになっている。

「アラン様、今日はこの辺にしてはどうですか？　二週間後にはヒートの時期がきますし、あまり無理をしないほうが……」

「お前はいつも心配しすぎだ」

たった二週間で、彼はライナスが思った以上の成果を上げている。まだ十分とは言えないが、ライナスがこの国に来た時のことを思えば、まさに驚異《きょうい》的なスピードだった。だからこそ、心配になってしまうのだ。

「たしかにヒートはくるが、今回はお前がそばにいる。そうだろう？　ライナス」

まるで太陽のようなまぶしい笑顔を向けられ、ライナスはぐっと拳《こぶし》を握《にぎ》った。信頼《しんらい》してくれているのが、アランの仕草や言葉の端々《はしばし》から伝わってくる。

——お前は地獄《じごく》のようなヒートを経験したことがあるか？　誰《だれ》かにオメガだと指を差され、蔑《さげす》まれたことは？　自意識とは裏腹に、男の一物を咥《くわ》えたいと、涎《よだれ》を垂らして懇願したことは？　いつヒートがくるか怯《おび》え、ひるみ、恐怖《きょうふ》に支配された日常を送ったことがあるのか？

あの雷《かみなり》の晩、アランが放った言葉が、今も心に残っている。

彼の過去を聞いた時、何もできない自分がひどくもどかしかった。だが、アランはライナスを選んでくれた。番としても、騎士としても。その信頼に応えるためなら、ライナスはどんなことでもやり遂《と》げるつもりだ。

「もちろんです、アラン様。俺はいつだって、あなたのそばにいます」

はにかむように、こくりとアランがうなずく。初めて会った時からは考えられない笑《え》みだ。アランは変わった。アラン自身の勇気と挑戦《ちょうせん》によって、今の生活を勝ち取ったのだ。

勇敢《ゆうかん》で美しい俺のオメガ。

アランの頬に手を伸《の》ばす。わずかにアランの首筋に緊張《きんちょう》が走ったのが見えた。怖《こわ》がらせるつもりはなかった。手を引こうとすると、ライナスの手にアランの手が重なる。

「……口づけを」

アランがためらいがちに命じてきた。長い睫毛《まつげ》を伏《ふ》せ、恥《は》じらう姿が愛おしい。ライナスは我慢《がまん》の限界に達していた。顔を近づけ、あと少しでアランの柔《やわ》らかな唇に届きそうだったその時。

コンコンと書斎の扉《とびら》がノックされ、さっと身を引いた。赤く染まった顔で咳払《せきばら》いをしたアランが、すぐさま「入れ」と命じる。

「今日もやってますね〜おふたりとも」

ゴードンが部屋に入ってくると、レモネードの香《かお》りが部屋いっぱいに広がった。テーブルに置かれたグラスから、氷がカランと綺麗な音を立てる。

「ライナス様、いくらアラン様が相手だからって手加減しないでくださいよ！　アラン様にダメなところがあれば、しっかりと叱《しか》ってくださいね！　ふふっ、こんな機会めったにありませんよ！　楽しんで叱ってくださいね！　いいなぁ！　私も叱りたいなぁ！」

普段《ふだん》から明るすぎる執事《しつじ》が、けらけらと笑っている。心の中でアランの心配をしていると、案の定、彼はひどく不機嫌《ふきげん》な顔でライナスのほうを向いた。

『こいつを、今すぐ、ぶん殴《なぐ》る。いいか？』

途切《とぎ》れ途切れで単語を寄せ集めたような台詞《せりふ》だったが、発音は完璧《かんぺき》だった。

『止《や》めてください。アラン様の手が痛みます』

苦笑いをしたライナスがニアトス語で答えると、ゴードンは眉根《まゆね》を寄せてふたりを見やる。

「ちょ、ちょっとぉ！　秘密の会話をするのはやめてくださいよ〜！　もうわかりました！　私もニアトス語を学びます！」

「そうだな。そうしろ、ゴードン」

「あー、本気にしてませんねぇ！　ほんとですよ、アラン様！」

気合いの入ったゴードンが部屋から出て行くと、アランは「今日も我が執事が元気で何よりだ」と鼻を鳴らす。

何気ない日常の一コマが、ライナスには泣いてしまいたいほど幸せな瞬間《しゅんかん》に思えた。

「さぁ、ライナス。続けよう。今度は聞き取りの練習がしたい。何かニアトスの言葉をしゃべってみろ」

研究熱心なアランが、身を乗り出して言う。ライナスは微笑《ほほえ》み、アニアーナ語ではできないような速さで喋《しゃべ》り始める。

『じゃあ、俺が好きなものの話をします。まずはこの城が好きだ。あなたがいて、ゴードンさんがいて、城のみんながいて、少し歩けば村のみんながいる。あなたを大切にしてくれる人間がたくさんいる、そんなスオ村も大好きだ。一番好きなのはあなただ。あなたは時に嫌《いや》みを言って、時に不機嫌になって、時に優《やさ》しくて、時に繊細《せんさい》だ。あなたのようにキラキラ輝《かがや》く綺麗《きれい》なものは、ニアトスでもアニアーナでも見たことがない。愛《いと》おしい。愛おし過ぎて、毎日どうにかなりそうなんだ。一緒《いっしょ》にいよう。ずっとずっと一緒にいよう。俺は勇気のあるあなたに死ぬまで仕える。どうかずっとあなたの騎士《きし》でいさせてほしい』

ライナスが言い終わると、ぎょっとしたように目を丸くしてアランが声を荒らげる。

「ちょ、ちょっと待て！　もっとゆっくり！　最初のほうしか聞き取れなかったぞ！　城、好き。あとはなんだ！　一番、嫌み、不機嫌、アニアーナ、毎日、どうにかなりそう、死ぬ……!?」

驚いているライナスを見据《みす》え、アランは疑うように目を細めた。

「お前、まさか……私の悪口を言ったんじゃないだろうな！」

もう我慢できなかった。声を出してライナスが笑い出すと、呆れたような顔をしてアランが言う。

「ありがとう、ライナス。お前にしては珍《めずら》しく、とても素敵《すてき》な笑顔だな」

「怒《おこ》らないでください。本当に悪口じゃありません」

「じゃあ、なんなんだ。もう一度ゆっくり言ってみろ」

「……それは、秘密です」

ライナスは捨てた故郷の言葉ではなく、アニアーナの言葉でアランへの愛を伝えたかった。

アランが生まれ育った美しい故郷の言葉で。

「ニアトス語で『ばか』はなんと言うんだ？」

ライナスがニアトスの言葉を教えると、にやりとアランが笑う。

『ばかなライナス』

アランの皮肉も、裏を返せば愛にあふれている。それがわかるのは自分だけでいい。

『ライナス、お前は私のたったひとりの番《つがい》、そして私の』

——たったひとりの騎士。

アランの言葉に全身が喜びを感じている。

「口づけを」

そう彼が命じる前に、今度こそ我慢できなくなったライナスは、アランの美しい唇《くちびる》に己《おのれ》の唇を強く重ね合わせた。

おわり

あとがき

こんにちは、椿《つばき》ゆずです。このたびは『アルファ嫌《ぎら》いのオメガ令息が寡黙《かもく》な騎士《きし》に溺愛《できあい》されるまで』を手に取っていただきまして、誠にありがとうございました。タイトルが長い！……のですが、とても気に入っています。

三作目は、私の大好きな要素をたくさん詰《つ》め込んだお話となりました。今作でも、親身になって相談にのってくださった担当様、本当にありがとうございます！

イラストは、秋吉《あきよし》しま先生が担当してくださいました。表紙を拝見しましたが、なんといってもライナスの逞《たくま》しくて勇ましい姿、それから毅《き》然《ぜん》としたアランの上品な微笑《ほほえ》みも、想像以上に素晴《すば》らしい仕上がりとなっております！　秋吉しま先生、素晴らしいふたりのイラストをありがとうございました！　ほかの挿絵《さしえ》も拝見するのが、今から楽しみです！

また、この本を出版するにあたりお力を貸して頂いた関係者の方々、友人たち、フォロワーさんたちにも厚く御礼《おれい》を申し上げます。

もちろん、最後までお付き合いくださったあなた様にも最大級の感謝を……！

もしよければ、感想などをお聞かせいただけたら大変嬉《うれ》しいです。

またお会いできる日を楽しみに……。

椿ゆず

アルファ嫌《ぎら》いのオメガ令息《れいそく》が寡黙《かもく》な騎士《きし》に溺愛《できあい》されるまで

椿《つばき》 ゆず

KADOKAWA RUBY BUNKO

角川ルビー文庫　23970

2024年1月1日　初版発行

発行者――山下直久
発　行――株式会社KADOKAWA
〒102-8177　東京都千代田区富士見2-13-3
電話 0570-002-301(ナビダイヤル)
印刷所――株式会社暁印刷
製本所――本間製本株式会社
装幀者――鈴木洋介

●お問い合わせ
https://www.kadokawa.co.jp/ (「お問い合わせ」へお進みください)
※内容によっては、お答えできない場合があります。
※サポートは日本国内のみとさせていただきます。
※Japanese text only

ISBN978-4-04-114425-1　C0193　定価はカバーに表示してあります。